THE CREED OF VIOLENCE

暴徒信条

[美]波士顿·德兰（Boston Teran） 著
译科 苏易安 译

法律出版社
LAW PRESS·CHINA

著作权合同登记号
图字：01-2010-5127

第一部

第一章

他在斯开普顿(Scabtown)出生的那天林肯恰好在福特剧院(Ford's Theater)遇刺。在这个小镇上,赌博声不绝于耳,房屋破烂不堪,醉鬼和赌徒常常蹚过那条窄河,从德克萨斯的麦卡维特堡(Fort Mackavett)到这边来。

他在六号酒吧后面的一家妓院长大。母亲是个妓女,不知道父亲谁,但肯定是她床上的众多客人之一。在这个孩子9岁时,一起持刀抢劫案要了母亲的命。

他把几块破木板简单地拼凑在一起,做了个木箱子,在临河的树下开始了他住在箱子里的生活。为了生计,他给人扛泔水，担啤酒。对他来说，只要有活儿干，就无所谓卑贱，无所谓困难。靠帮军医照顾有救的患者和没救的病号，他倒也平安度过了瘟疫之年。

死亡吓不倒他，而且死人身上那种浓烈的腐臭对他来说也算不了什么。如同自己出生的那片贫瘠的土地，他的内心也充满了敌意和焦灼；如同自己出生的那条狭窄的街道，他的灵魂也被那里居民的一言一行浸染着。

独自蜷缩在自己小小的窝棚里，只有一条破旧的毯子陪伴着他。他的梦想令人费解，而且常常浸满了悲伤。他的童年被现实腰斩了。无数个夜晚，他睡不着，看着眼前肮脏的村落里那一扇扇窗户，煤油灯微弱的火光在里面跳跃。他幻想着，他很想知道在那些窗户里的大人们在给自己的孩子讲着什么样的故事。

这个男孩讨厌自己的名字。母亲去世后，他就再也没有提起过。一个职业拳击手来到麦卡维特堡。这个人的脸被打扁了，脸颊肿胀，线条粗犷。他不是个大块儿头，但是拳头上布满疤痕，脊背厚实强壮。在烈日炙烤的空地上，这个拳击手打败了一个整整大他一圈儿的对手。男孩眼看着一个个挑战者败下阵去。尘土飞扬，鲜血溅得到处都是，败军之将个个筋疲力尽。然而，这个身量并不出众的拳击手却屹立不倒。在交织的“战火”中，男孩看见了自己的影子。最终又一个选手败下阵来,跪倒在鲜血淋漓的土地上,男孩体会到一种从未有过的力量正在自己的内心涌动,如此陌生又如此真实。那个无敌的拳击手叫雷本。从那天起雷本就成了这个男孩的名字。

在那以后不久他犯下了人生中第一桩命案。一个醉汉在闲逛中迷路了,在和妓女鬼混一番之后,他跑近了漆黑的河岸。男孩用刀捅死了这个男人,正如当年自己的母亲被刀捅死那样。他拿走了那人身上所有的钱。偷来的钱币上沾满了鲜血,男孩把它们在河里洗得重新闪闪发光起来。

谢拉布兰卡(Sierra Blanca)外的公路延伸向前,宁静而炽热的路面直通格兰德河(Rio Grande)。站在一个稍高的地方,雷本看见一堆灰尘随风起伏,越来越近。这时已是1910年,不安的气氛充斥在边界另一侧的村庄里。

一个让人汗流浃背的中午,太阳明晃晃地挂在天上,雷本在飞扬的灰尘里开始忙起一天的活计。他盯上了一辆三吨卡车。这是一辆新型的派克(Packard),要么就是一辆阿特拉斯(Atalas)。车斗里装着满满的货物,货物比较沉把整个儿底盘都压下去了。许多焊接在底盘上的金属支柱组成了一个架子,支撑着铺在上面的油布。这就做了驾驶室的顶棚。灰色的油布在风中疯狂地舞动,如魔毯一般。驾驶室里坐着两个人,司机坐在右边,副驾驶位置上坐着的那个人把穿靴子的脚搭在了仪表盘上。

是他最先看见在公路尽头空旷的路面上，远远地有一个人在挥动着帽子。他指给司机看。

“这会是什么人呢？”司机问道。

另一个人伸手摸到一支卡宾枪，把它骑在双腿间。他们沿着被太阳烤得炙热的道路又开了很长一段，才到了那个人的近前。此人衣衫褴褛、瘦弱干瘪，他最显著的特点就是一个大额头和一双斗鸡眼。

卡车减速了，这个路中间的人带着一脸高度的警觉大声喊道：“请停一下！”随着卡车的靠近，雷本看见，卡车两边由薄金属片做成的保护罩罩住了车斗的上半部分，罩子下面的车身上每一边都用宽字体喷着“美国帕台农”（AMERICAN PARTHENON）* 的字样。

“嘿，哥儿几个！”雷本在卡车最终刹车在他面前时喊道：“感谢上帝，你们到底停车了。我在这些小山丘里迷路了。”他用帽子指了指路边不远处那些歪歪扭扭的小山，又说道：“我本来骑着马呢，结果迷路了。”说着从他那顶肮脏的礼帽里面的帽檐拿出两张票子来，接着说：“说个价儿，只要能离开这鬼地方。”

---

* 这是一家美国公司，主营食品与日用品采购。——译者注

坐在驾驶室里的两个人互相看了看对方，权衡着该不该留下他。最终，那个一脸疲惫的大块头司机挥了挥手，让他上了车。

雷本就栖身在露天驾驶室正后方的平板上。他既不高大，也不强壮。正相反，他瘦到了皮包骨头的程度，他那双眼睛就如山雨欲来的天空，阴郁萧条，无精打采。

“嘿，这里面装着什么啊？”他边说着边用指节敲了敲捆扎着的板条箱。

“这是在艾尔帕索建冰库用的材料，结果给错运到了谢拉布兰卡去了。”司机答道。

雷本敞着怀，从外套里掏出一个酒瓶子，打开瓶盖递给他们喝，又接着说：“我敢打赌，你刚看见我时，肯定觉得我是个累赘。”

司机旁边那个男的接过酒瓶喝着，回答说：“我们脑子里确实闪现过这个念头。”

“老兄，”雷本说道，“老实说，有时候我确实不太像正经人那样过日子。你们可能会说，我落到这种离死不远的地步，应该不是头一回。”司机又喝了一口，然后把酒瓶还给了雷本。雷本接过酒瓶，说道：“但是上帝看到是时候警告我一下了。”

卡车笨重地在坑坑洼洼的路上缓慢颠簸着，一会儿下坡，一会儿上坡,远方的荒原,薄雾腾腾。路上,雷本又把酒瓶子递给那两个人。他们喝着酒,聚精会神地听雷本说话。他抱怨南方即将发动的革命,并顺道抒发着他对墨西哥人的同情。由于经济的窘迫和人数的激增,有那么多的墨西哥人穿越边境,来美国讨生活。他们认为美国的文化先进,生活富足。虽然他们受到美国本地人的蔑视,但还是想融入这个美好的民族。披着深暗的皮肤,吃着发臭的食品,住着脏兮兮的房子。藏污纳垢,作奸犯科几乎是家常便饭。但他们还是想在这个国家呆下去,内心的冲动如同夏日的暴雨,强烈而执著。

“行了,”司机对大家说道,“上帝的记性太好了。”

雷本噤住了声,开始沉默起来,静静地看着酒瓶子来来回回地传递着。事实上,这个国家对他来说真没什么,所谓民族就更不值得一提了。他只是具体的一个人罢了。在他眼中,这世上的人没有国家与民族的区分,只有活人和死人两种。

然而,在雷本这颗自私卑劣的心中却还保有一块截然不同的空间,在这里,没有邪恶,也没有自私,而且无论雷本怎么想摧毁掉这个地方,他都办不到。这就像是一首烙印在他生命中的古老诗歌,或是一首记忆模糊的旋律,总是会穿越黑暗,徐徐飘来。

记忆深处,他和那个墨西哥女人结了婚,又不费一言一词地把她抛弃,还三言两语地把孩子哄住,撇下了。但是,他们还是在一片感伤的薄雾中活着。每每夜深人静,便在噩梦中把他折磨得死去活来。

“快停车!”坐在司机旁边的那个人说,“我好难受。”

雷本看着他。只见这个人脸色苍白,额头上全是汗。司机踩了刹车,他跌跌撞撞地从驾驶室中迈下来,抓着卡宾枪枪托,枪管几乎拖在地上。他步子开始不稳起来,然后摔倒在地。雷本从驾驶室后面跳下来,在司机下车之前先到了那个人的身边。

雷本从那个人手中拿过枪,转过身看着司机:“他已经死了……而且,兄弟,你也快了。”

在那个人痛苦倒地的瞬间,司机好像想起了什么事儿似的。他猛地眨眨眼,仿佛被什么东西出乎意料地击中了。司机低下头来看见在驾驶座上放着的酒瓶。他把目光转向雷本,而雷本既没有动,也没有把卡宾枪指向司机。他只是站在那里,歪着嘴,僵硬地笑着。司机慌了神,连忙把卡车挂上档,启动起来。

雷本对着卡车大喊:“哎!你走就是了。但是你已经把前头的路喝进肚子里去了。我现在都能听到你坟堆儿前的哀乐了。”

发动机轰隆隆地响起来,雷本把卡宾枪挂在肩膀上,然后蹲下身去,掏这个垂死之人身上的财物。那人还躺在飞扬的尘土中颤抖着,雷本把手伸进他的口袋,把里面的东西都掏了出来。然后,随着身后一声格外响亮的轰鸣声,汽车慢慢开动了。

又过了大约一个小时,在与公路相隔的沙丘上,他看见了这辆车。它一头栽在公路旁,斜斜地扎进了一片岩石堆儿。荒漠的风肆意地在它身旁呼啸。

发动机还转着,雷本踏进驾驶室时,司机还活着,但是气若游丝。一串黏液从他苍白的嘴角一滴一滴流了下来。

“嘿,”雷本对那司机喊了一声,斜靠过去关掉了发动机,“歇一会儿吧。”

然后他跳下驾驶室,检查卡车是否损坏。他注意到捆着的板条箱中有一个的绳索已经松动了。他就在路边砸开了它。

“哦!”雷本对这眼前的东西叫道。

他跪下身去,伏在板条箱旁。那是一条机枪用的子弹链,子弹整齐地排在布条上。那是帆布缝制的,做工很细,摸着如蛇皮一般。

他回过身去大声向司机喊道:“拿这玩意儿盖冰库,真有你们的!”

第二章

尤利塞斯·辛普森·格兰特(Ulysses S. Grant)去世的那一天,他出生在埃尔帕索(El Passo)的塞贡多区(Segundo Barrio)。格兰德河畔堆满了肮脏的土砖,正是这些土砖垒起了栋栋房屋。破旧的建筑将被拆除,市政府想用老式的美国砖去重塑昔日的建筑风格。

他在一条肮脏的小巷长大。小巷的后面是一个工厂,各国移民在那里做工,他们把废弃的针头线脑凑在一起,织出一面面美国国旗。他的母亲也是移民之一,来自西那罗阿*

* 墨西哥西海岸。

(Sinaloa)。父亲是个罪犯,男孩后来还会知道,父亲是个杀人犯。父亲在1893年美国国庆节那天丢下这个家一走了之。他最后给儿子说的一句话是要带他坐电车,去门萨公园看焰火表演,吃冰激凌。

父亲走后,母亲谦卑的面容一天天憔悴下去,悲伤和忧愁侵蚀了上帝赐予她的美貌。母亲最终带着无限的幽怨离开了人世。他用马车将母亲拉到康科迪亚(Concordia)公墓,自己挖了墓坑,把她葬在了贫民墓区。母亲的去世使13岁的他饱受摧残。他寻找父亲的渴望破灭了,剩下的只是一连串关于过去美好时光的记忆和撕心裂肺的痛,这种痛苦让他无处遁逃。

男孩住到了工厂的屋顶。这家工厂里,工人们两班倒轮流工作,把布片缝在一起组成美国国旗。男孩在圣菲铁路(Santa Fe Railroad)的货场里当起了临时工。工作很简单,就是把大包扛进城区;工作也很残酷,工人们低垂着腰身,嘴几乎能啃到地面的尘土。在这里,活人已化为毫无价值的螺丝钉。然而,心中支撑他活下去的不只是愤怒,还有无尽的信仰和对未来的希望。

一个破项链缠在他的脖子上,下面挂了一个小小的金质十字架,这是母亲的遗物。这并非什么神圣的饰品或护身符,然而它却代表了一个个尘封的心愿。

他能读能写,而且父亲还教过他如何使用武器。他不惧怕死亡。他的眼中死亡只是一个把人带到某个其他地方的瞬间，如此短暂，以至于很难有什么感觉去感知，很难有什么痕迹去寻觅。

他个子不高，人也比较瘦，但身体很结实；他天庭饱满，睫毛浓密，头发黑直，皮肤褐黄，叫人过目不忘。

以前的名字对于他来说充满了耻辱，母亲死后，他改了名字。他母亲生前曾梦想着去卢尔德（Lourdes）*朝圣。相传，圣女伯纳黛特就是在那里见到了圣母玛利亚。此后，每当人问起他的姓名，男孩就告诉人家他叫约翰·卢尔德（John Lourdes）。

后来他开始在火车站做加油工。由于工作努力，得到上头器重，做到了工头的位子。他能流利运用两种语言。小时候被父亲遗弃的经历使他对男人骨子里的残暴无情十分敏感，以致工人间的任何风吹草动，他都能敏锐地感觉到。后来，他调任到安保部门，并很快晋升为铁路刑警。

1908 年，美国司法部长查尔斯·波拿巴组建调查局**，起用的是早先联邦执法官的原班人马。

约翰·卢尔德应邀加入调查局。如此一来，23 岁的他成了德克萨斯州埃尔帕索市的一名联邦探员。

---

* 法国西南部城市，天主教圣地。相传城中公园的圣水有医治残疾的功效。每年吸引着数以百万计的各国信徒前往朝圣。——译者注

** 即为后来的联邦调查局前身。——译者注

格兰德河畔，他斜靠在圣菲(Santa Fe)大桥旁的栅栏上。一个星期没刮胡子也没换衣服。他那皱巴巴的帽子由于太久没有摘下来，已在额前留下了深深的刻痕。约翰·卢尔德就像个无业游民似的，混迹在失业的人堆儿里，每天靠抽烟打发时间，在这个工作岗位上，一天天地熬着日子。起码这是他无意间发现的一个不让自己引起别人注意的办法。日复一日，他就这样注视着脚下的车辆川流不息地从埃尔帕索和华瑞兹*之间的海关驶过。

1910年，当总统波非里奥·迪亚斯同意举行自由选举，而后又背弃自己的承诺时，墨西哥革命已经爆发了。一石激起千层浪，总统此举引起了上下多方不满。过去的数年间，贫困、外资和盲目开发榨干了墨西哥的能量。一千人控制了全国绝大多数的财富。文盲、儿童早夭和原始的劳役偿债制度不断引发新的暴力事件。

埃尔帕索和边界对面的兄弟城市华瑞兹是这场革命的中心。持有外国护照的土著居民不露声色的破坏分子和日薪两元的廉价眼线同时为革命的双方工作。当然，其中不乏伪善的

---

* 墨西哥的一座城市，与美国仅一线之隔。是墨西哥政府的治安死角，被称作西半球最危险的城市。

骗子、肮脏的流浪汉和各种各样心怀叵测的人渣。

约翰·卢尔德留着时髦而整齐的小胡子,这个样子很符合当时的审美。在他研究脚下的车流时,总是习惯性地把手指搁在上嘴唇边。他训练有素,耐心持久,对那些他要寻找的特殊人群有一种天生的直觉。

当他还是个孩子的时候,父亲曾问过他这样的问题:“想知道人们到底是个什么样子吗?”

问这个问题的时候,他们正在华瑞兹市的一个露天市场里。市场上人头攒动,商贾泛滥。父亲看着过往的人群,从一个人指向另一个人。然后蹲下身去,把儿子拉到跟前。每当父亲激动的时候,他的声音中总是带着那么点儿狂热。“你知道人是怎么回事吗?你能永远不上当受骗吗?”男孩的眼睛睁大了。然后,父亲接着说:“知道这些就没有人会戏弄你,忽悠你或者把你唬住,等等。”

他边说边打着响指:“你可以知道的。想知道吗?想知道是怎么回事儿吗?”

男孩点点头,因为他看见父亲是这么需要他说“想知道”。

“嗯,”父亲悄悄对儿子说,“ 表现出对每个人都漠不关心的样子……然后你就明白了。”

儿时深远的记忆就像紧箍咒一样缠着他的思绪。正在这时,一个年轻女子和他擦肩而过。只是一个影子渐去渐远,穿过海关,回到了华瑞兹市。这些天中,这已经是他第三次注意到她了。

这并不是因为她年轻可爱,而且清纯简单,也不是因为她行事低调。在外表看来,她不可能超过 16 岁。但是每当有事临到,需要抉择时,相比起眼中流露的紧张和焦虑,一种温婉的宁静总是奇异地停驻在她的身上。

第一次看见她的时候,她刚刚走到桥下,正在排队等待入关检查。海关大楼的砖已经在风吹日晒中变得陈旧不堪,楼顶上还竖着一个带凹槽的长烟囱。墨西哥人要入境美国,就必须通过这座大楼。不仅要脱衣服搜查,还要消毒检疫。

这种糟糕的经历让人觉得耻辱。母亲当年就是这样来到美国的。有一次,他偶尔听到母亲和另一个女人的谈话,她们声音压得很低,谈论着当初怎么被脱掉衣服站在水泥地上排队等待检疫,而旁边警察的狗眼不放过每一个人,来回瞟着她们。

成为一名为联邦政府服务的探员以后,他常在那栋楼里逮捕犯罪分子。他见过那里的工作人员如何用杀虫剂、汽油,有的时候还用一种硫磺酸来杀灭入境者身上的虱子。人们脱下来的衣服也要用这些药品处理。有时候衣服里还混着鞋子,它们要一起被放进一个巨型的蒸馏器里消毒。这地方有个别名——毒气室。

女孩走过去以后,在圣菲桥下排进了队伍,队里的人都脏兮兮的，身上满是灰尘污垢。他看得出来，女孩目之所及都让她浑然不知所措。第二天，他又看见她从检疫区里出来。她走过去，只过了一小时就回来了。

第三天又是这样。不过她回来的时候，他在和两个德国设计师聊天。他们已经获许进入检疫区了。任务是绘制其内部结构的草图。他们还问约翰·卢尔德是不是政府真的要清除掉那些残疾人和邋遢汉。正如他们自己的国家所做的那样，碰到他们定义为“不干净”的那类人，统统就要处理掉。

要是他们听得懂西班牙语就会知道，约翰·卢尔德的回答并没有那么不好理解。他边说着边走下桥去。

他跟着那个女孩走上胜利大道(Avenida Paseo de Triunfo)，只见整条街都被一种忧郁悲凉的气氛笼罩着。墙上涂鸦着辱骂当局的话语；男人们成群结队地在街上激烈地争论着；青年人肩扛步枪走在肃杀的大街上，雄赳赳气昂昂地列队走过斗牛纪念碑，枪口朝天，一边朝天鸣枪，一边诅咒着他们该死的总统。

枪声响起，人们转过头来循声望去，路上鸟儿早已跑光，只有那个女孩没什么反应，还在继续走着。约翰·卢尔德终于明白了女孩那种温婉的宁静和谨慎的目光是源自何故了——她什么都听不见。

靠近电影院的是个二层办公楼，女孩走了进去。一楼的商店在窗户上挂了个牌子,上面写着:“墨西哥旅游商品”。停在店外面的是两辆美泰游览车,车身两边喷着这样的字:“风能吹到哪儿,我就带您跑到哪儿!”

约翰跟着女孩走进了办公楼。一楼的大厅阴暗肮脏。他能听见她上楼梯的脚步声。女孩走进了二楼的一间办公室。他跟了上去,只见门关着。他小心地走过门口,听见声音从气窗里传来,天窗里透出的阳光远远地折射在墙面上。约翰向走廊尽头看去,发现了另一个通道,有阶梯直通楼顶。

他爬上楼顶,迈过一个个天窗,发现大多数天窗都用杆子撑开了,好让停滞的空气逃出鄙陋的办公室。他走着走着,突然停住,本能告诉他女孩就在这扇天窗下面。约翰摘下帽子,蹲在天窗开口处,但是又没完全贴上以免自己被发现。透过这阳光普照着的画框,他一眼就认出了里面那个女孩。

俯视下去,只见女孩独自站在那儿。嘈杂的男声传了出来,英语里夹杂着西班牙语。门开了,又关上。一个影子打在墙上,是个男人,他开口说话了。他嗓音沙哑。约翰·卢尔德看不见他的脸,只能看见他穿裤子的腿和他的登山靴。一只胳膊伸了过来,抓起一张毯子。然后女孩开始脱下衣服。

女孩的衣服滑到了地板上,毯子扔在她脚下。她把毯子裹在身上,目光避开了那男人。男人蹲下身去,一把抓起那些衣物,离开了。

第三章

雷本坐在空空如也的卡车上，做了个决定，彼时他离福特布里斯（Fort Bliss）还有40里。骨子里的简单干脆会让他直接忘掉埃尔帕索。他最好是往南走，去索科罗或萨拉戈萨，然后再向北去华瑞兹。想要血战一场的人们愿为武器和卡车付最高的价格。油箱里的燃料绰绰有余。所以他抢劫完司机和另一个男人后烧了他们的尸体。

他抽着烟，注意到眼前岩石陡峭的山岭，一直绵延到埃尔帕索。圣诞节那天，雷本45岁了。卡车座位上放着一张他从司机钱包里掏出的照片。照片上，司机夫妇带着他们面容平淡的孩子们站在斯坦顿大街车站的月台上。

那个月台,他很熟悉。不过,已是恍若隔世了。那时,他就是在离那个月台几个街区之外的莱尔多的电车上遇见了自己的妻子。几头骡子在雨中拉着电车跑。他问她是否可以坐在旁边,那时她回答的声音就像是蜡烛上的青烟缓缓飘来。他曾经宣称自己的青春岁月属于别人,而不是他自己。然而,冷冰冰的岁月并不能抹煞过去。过去虽已抛在脑后,但它依旧存在且永生难忘。

在埃尔帕索曾有一个市府律师。雷本再没见过比他更腐败或更善良的人了。这个人名叫华兹华斯·布尔(Wadsworth Burr),他曾告诉过雷本:"有些事情用法律根本解释不通,有些人只能带着那些该死的秘密湮没在滚滚红尘中。"

雷本把车开到了他结婚之前就很熟悉的那个区,但他发现那个区已经消失了。在逼人的热浪中,他走过一排砖造的店面。那儿是他过去常去的地方。他和妻子以前居住的小巷现如今已经成了电杆走线的通道。他的妻子多年前已经去世,他深知这个事实。他的儿子……是个魔鬼。

他点上一支烟,环视四周,想着以前有过的建筑。巷子的拐角处以前是个缝纫加工厂,现在变成了一家当铺。当铺对面还是那家枪支商行，其中一个窗户上贴着萨维奇*的广告“尺寸相搏，萨维奇让菜鸟也能决胜西部”。

他觉得这个地方没什么变化。只是打扫得太他妈的干净了。

俯瞰闹市区，眼前的是萨特斯威特的延伸部分。梦幻般的宁静笼罩着栽种有红花绿树的房屋，夕阳西沉于远山之间。华兹华斯·布尔住在延德尔街和考托儿路（Yandell & Corto）拐角处的一栋布道院风格的大房子中。

雷本由一个年轻的东方女子指引着来到了一个小房间。女子莲步轻移，无声地走在瓷砖地板上。高高的天花板让整个房间保持着凉爽，正如他记忆中的一样。

布尔坐在一扇大飘窗下，面前是张可移动的桌子。凭窗望去，只见格兰德河穿过苍茫的荒原，顺流而下。

布尔比雷本大不了多少，然而，现在真正端详这位好久不见的律师，还是处处都能看见让人吃惊的反差。在那年 7 月 4 日（美国国庆节）雷本抛家弃子之前，布尔刚刚染上吗啡。

布尔说：“你就像是某个直接从狄更斯小说里出来的人物，嗯，最保守地说也是雨果的小说里吧。”

---

* 萨维奇军火公司，美国著名军火生产商，成立于 1894 年。

“你是说,我现在看起来挺糟的吧。”雷本答道。

布尔用手指了指摆满各种酒的手推车让雷本随便喝。雷本把圆帽扔在一边,倒酒时他顺便观察了一下布尔,只见他的手腕用宽带子缠着,脸颊凹凸不平,下巴尖得露出了骨头,你会发现其实他才更像是一个贫民窟的流浪汉。

雷本喝下一杯酒,然后绕过桌子走到布尔面前,握着布尔的手时才发现他的另一只手正搁在一块白色餐巾上打吊针。

“你该再喝点威斯忌啊。”布尔说道。

“我要是再喝,就该耍酒疯了。”雷本回答道。

雷本走到窗前,布尔接着问:“你怎么不到处流浪四海为家了?”

“我偶然发现了一笔好买卖。”

“啊呀……我得控制住我的好奇心啊。”

雷本还望着向窗外,只见黄昏降临,大地笼罩在暮色之中,分外美丽。他若有所思地说:“我现在算明白这个地界儿为啥叫落日丘陵了。”

“是啊……这里周围都是公墓,对吗?好像萨特斯威特先生这辈子也有倒霉的时候,这事儿我觉得你该特别注意一下。”

说着,布尔拿起一张信纸和一支墨水笔。

雷本说:“我发现你还喜欢用些中国玩意儿。”

布尔在纸上写了些什么,然后把它折成一个小帐篷的形状,放在了桌子上。他说:“我呢,有的时候喜欢顺其自然,有的时候又爱标新立异。”

“我去过以前住的那个地方了。那排砖房子不在了。”雷本说。

布尔答道:“这事儿倒也合情合理。所有文化都倾向于丢掉其他文化的浮华而将自己的取而代之。”

雷本又一次绕过桌子。他从口袋里抽出一张提货单递给布尔,说道:“这是埃尔帕索一个做进出口的发货人给我的。你觉得这个怎么样?”

布尔看了看那张纸,“我不认识这家公司。但是我能看出来这些是建冰库要用的所有东西。”他把提货单还给雷本,又说:“你真让我吃惊,你竟然有这些制冷用的材料,太出人意料了!”

雷本说:“有人要闹革命。”

“没错儿啊,就在眼前了。”布尔答道。

雷本接着说:“武器就要卖高价了。还有三吨卡车也是。”

“离开这个城市吧,今晚就走,”布尔说道,“去华瑞兹。我会安排一些朋友和你认识,非常私人的那种。”

雷本的注意力马上就给调动了起来。他问:“你对那个男孩了解多少?”

布尔认真地审视着眼前的这个朋友,说道:“他现在不会再是个男孩了吧,对吗?"

雷本问:"他在这儿吗?"

布尔指了指桌子上折成小帐篷的纸。雷本拿起它,放在两个手指之间读着:无法忘记的东西永远别记得。雷本把这张纸片折了又折,放进上衣的口袋里。布尔说:"你现在可以去车库上面的那个房间了。那儿有我的很多衣服,有些或许你能穿。去看看吧。"

"华兹华斯,谢谢你了。"雷本说。

他又倒了一杯酒喝下去,然后拿起了他的帽子。准备离开时,考虑再三,他还是说了:"想想看,要是你该怎么办。但是不要为那些注定失败的行动所引诱。"雷本穿过房间,走到半路又停下来,回头看着布尔,仿佛在等待着什么。"你永远都这么精神",布尔说,"即使在你自私冷酷的时候,也带着仅有的那点儿幽默。"

"知道了,朋友。"雷本说。

布尔接着说:"路上小心。这儿已经今非昔比了。哪儿都不安生,便衣警察到处都是。治安员更多了,还有骑警。现在,又多了个调查局。"

"合着到处都能黑咱们一手啊。行,知道总比不知道要好。"

布尔还提醒道:"现在又出台了一项新的法律……叫曼恩

法案*。现在调查局那帮人可牛了,只要是国家安全的案子,谁都不敢吱声。他们在安格拉斯(Angelus)饭店包了间办公室,当然,你知道谁是那儿管事儿的……诺克斯检察官(Justice Knox)。"

---

* 曼恩法案,美国国会1910年通过的一项法案,禁止州际之间贩卖或运送妇女为娼。亦作白奴法案(White Slave Act)。——译者注

第四章

女孩所在的那个楼旁边有个电影院。约翰·卢尔德用电影院的电话给设在安格拉斯饭店的调查局办公室打了个电话。“战地指挥官”——诺克斯检察官不在，一名探员记下了卢尔德的报告和他的要求。

女孩留在办公楼里过了夜。她把身体蜷缩得像个孩子这么小，睡在一张简陋的沙发上。旁边的桌子上点着一支蜡烛。窗户把烛光反射出的影子隔在了屋里。

约翰·卢尔德躲在了走廊尽头的楼梯井里，这样他就能看见进出那间办公室的所有人。可是，一个人也没有。他把外套揉成一团当枕头垫在头下面，就像个流浪汉一样，只要不是大街上，就找个地方随便睡了。办公楼的光线渐渐暗了下来，人去楼空，一切恢复了宁静。一切或模糊或遥远的声音都像是梦境中的转瞬即逝的声响，幽微，空灵。

他等待白天继续监视女孩。不知道为什么，他就是忘不掉这个女孩。她好像把那个一直伶牙俐齿的约翰，变得什么都说不出，什么也道不明了。他还发现这个女孩和他跟两个德国人的谈话内容有某种不可分割的关系，好像他们都是同一件事情的某个部分。

每每调查案件，只要细节浮出水面，他隔岸观火，就判断得很准确。他面对这个世界，生活得从容惬意。这件事情的到来也没有改变什么。

他以冷静的态度处理着每一件事。至于那个女孩，吸引他的主要是她的宁静。他永远记得女孩穿过大桥，独自一人，就那么静静地走着。她身上散发出的宁静是那样超凡脱俗，仿佛她是一个天外来客。而同时，她又是那么警惕紧张。

这时，那两个德国人所说的"不干净的人"让他喘不过气来，他觉得自己不光彩的过去仿佛暴露在阳光下。他们所说的话激怒了他，不光是因为话里面渗透着个人主义的骄傲和种族主义的蔑视，而且，这话也影射到了他自己。事实上，他感觉自己在某种程度上也是"不干净的人"。

无论是调查局还是诺克斯检察官本人都不会知道雷本是他的爸爸，一个罪犯，而且是杀人犯。他把自己的家庭状况归入历史的垃圾堆，然后编造了一个姓卢尔德的英国父亲，现在已经过世。约翰·卢尔德这么做并不仅仅是因为父亲的身份毫无悬念地给他带来了耻辱，还由于职业前景和晋升的需要。有一个当罪犯的父亲不会对他有任何好处。

父亲的一个朋友曾经这么形容父亲：他的母亲认为他是“罪恶的并令人讨厌”。这个朋友是个不得势的律师，名叫布尔。还是个孩子的时候，他常常跟着爸爸去布尔家找他，他家在埃尔帕索丘陵地上的一栋高大白房子里。他们经常是晚上去布尔家，而且父亲和他总是悄悄地说话，从他家回来父亲老是出门很多天不回家，每次时间都会很长。

一天晚上，布尔在他们离开前给当时还是孩子的他衬衣里塞了几张票子，并告诉他说：“看见你爸爸站在那边了吧？你该感谢他，因为你的出生是一次随机的犯罪……其实，所有人的出生都是一次随机的犯罪。”

布尔就是这样的人。虽然那时还小，但约翰·卢尔德也知道布尔这样说是满有恶意，目的是给自己的心里留下污点。如今，那么多年过去了，焦躁不安的情绪和很多悬而未解的谜团无时无刻不在折磨着他，比自己的志向、目标、理想更重要的是，也是最终他最想知道的是，他，约翰·卢尔德，是不是把父亲带入犯罪深渊的累赘,是不是将父亲引向死亡的祸根。

黎明降临,阳光从门口照进了办公室。远处传来了零零星星的枪响。这可不是个好兆头。不久后,女孩和一个男人一起走出了办公室。他一定整晚都在里面,因为约翰·卢尔德没看见有人进去过。他是个小个子墨西哥人,戴着眼镜,衣着整洁,不事张扬。但是,一支绑在武装带上的匕首鞘,从他绿色的毡帽外套里露了出来。

两人径直走向圣菲大桥,卢尔德紧跟其后。然而,这不是个平常的早晨。街上挤满了人。小册子满天乱飞,号召人们拿起武器推翻迪亚兹*政府。暴乱的气氛充满了城市,空气中弥漫着因总统废止自由选举而引发的愤怒与仇恨。想要穿过桥下混乱的人群几乎是不可能的。人们举着各色枪械,一不小心就会走火。一面代表政府的旗帜被当街焚烧,烟灰乱飞,空气中弥漫着一股烧焦的气味。前面的跑马场上,不知谁松开了赛马的缰绳,受惊的马儿们在路上狂奔。

不久,奉总统之命前来的突击队出现在远方的马路上。他们经过集结,排成密集队形穿过林荫大道。指挥官下令准备战

---

* 全名何塞·德拉克鲁斯·波费里奥·迪亚兹·莫里,墨西哥独裁者,1876年至1911年在位。在任期间大量引入美国外资,引发国内严重矛盾。后被义军推翻,流亡法国至死。——译者注

斗,部队的回应清晰而响亮。

但士兵始终没有等到开火的命令。他们整齐地排列在那儿,手中的武器在烈日下闪闪发亮。指挥官命令人群散去,但是人们置若罔闻。那个墨西哥人带着女孩使劲从骚乱的人群中挤过,跌跌撞撞跑到人行道边的楼下,显然他觉得那里更加安全。指挥官又一次向人群喊话,人群高喊着统治者的绰号,拳头紧握,手臂在空中挥舞。

指挥官的忍耐耗尽了。部队像海浪一样涌上前去,出击迅速而又残忍。大多数市民恐惧地后退,有些人则坚守阵地,向军队开枪。大街上顿时黄沙飞扬,尖叫四起。接下来发生的混乱把那个墨西哥人和那个女孩也卷了进去。他们被人群冲散了。男的被人群推入了人行道,只得顺着往前走,而女孩儿却在人群的推搡下倒在地上。

约翰·卢尔德设法挺着不摔倒,并用肩膀为自己撞开一条路来。他终于挤到那女孩身旁,当时,她躺在人行道上,左右躲闪,生怕被人踩到。约翰·卢尔德一把把她拉起来,拽进了人行道旁的一栋楼门口。她浑身是血,吓得不轻,抖个不停。他用胳膊搂住她,慢慢等她恢复平静。女孩点点头表示感谢,又把一只手放在了他的胸口上。他想:把她带回去,然后想个办法摸摸她的底细。正想着,突然看见那个墨西哥人从野蛮的人群中挤出来,这时,人群已经开始溃散。那个墨西哥人拔出左轮手枪指着约翰·卢尔德,斩钉截铁地威胁道:“滚!现在,快滚!”

枪声明显已经朝格兰德河的方向远去了。中午人群在跑马场遭到袭击的消息迅速扩散开来。沿岸的美国佬开始集结。胜利大道旁的楼群上一派烟熏火燎。等到那个墨西哥人拽着女孩来到桥上时,约翰·卢尔德已经等在那里了。

他看着女孩走下风化的桥面,来到检疫区。这个墨西哥人一直紧紧地盯着她,直到女孩消失在铁青色的检疫楼里。然后,他把视线移向美国人聚集的那一边,似乎认出了谁。约翰·卢尔德用眼睛扫了一下河边的人群,想看看那能是谁。

女孩又出现了,像往常一样突然出现在圣菲大桥上。约翰·卢尔德抬腿跟了上去。她还没走出多远,一个男人就溜出人群,抓住了她的胳膊。

这是个高个子男人,非常瘦弱,皮包骨头。年纪比较大了,身穿皱皱巴巴的背心和裤子。他的那张长脸阴沉沉的,对那个女孩不置一词。

来了一辆无轨电车,渐渐减速。不由分说,他把女孩推了上去。约翰·卢尔德紧跟着从车后门上了车。女孩被带到一个座位上坐下,这时,她发现了约翰·卢尔德。她定定地盯着他,以致和她一起的那个男人也顺着女孩的目光找寻去,想看看是什么吸引了她的注意力。约翰·卢尔德抽身离去,隐没于人群之中,不见了踪迹。一会儿,他们也下了车,走了很长一段路后,到了俄勒冈门萨公园(Park of Oreg and Mensa),走进了米尔斯大厦。约翰·卢尔德跟了进去,看见两人上了电梯。女孩迫使自己不看他,怕那个男人发现。她一直在抖,楚楚可怜。那种格栅门的电梯吱吱嘎嘎开到了5楼,他们下了电梯,然后顺着走廊往前走。约翰·卢尔德乘另一个电梯,从另一边下来。两人进的办公室门牌号是509。楼下的办公室名录上写着:西米克(SIMIC)海运进出口公司,509房间。

摩登咖啡厅里坐着一个烟草商,就在靠门的包厢里。这个人就是乔装后的约翰·卢尔德。穿过那个公园就是安格拉斯饭店,调查局的总部设在此处。约翰·卢尔德被告知诺克斯检察官和那个探员正从埃尔帕索北部向这儿赶。他买了包香烟,等在咖啡馆靠近门口的地方,在笔记本上面整理着这些天调查的细节。

然后,他把笔记本放回外套的口袋里,站起身来走出咖啡厅,他想去晒晒太阳,呼吸一下新鲜空气。他前脚刚走出包厢,一位绅士后脚就进来了。约翰·卢尔德抬眼想和那个人说这里已经有人包下了,但是,突然就愣住了,唯有呆呆地盯着那个人。

“现在继续像刚才那样低头往前走,我就奖你零用钱,”这个人说,“但你现在翅膀硬了,枪不离手,眼不揉沙,想让你看不见可难。”

说完,他爸爸咧嘴笑了,说话还是那样儿,一点儿没变。

第五章

雷本溜达进西米克进出口办公处，看见有 6 个人围在办公桌旁边嘀嘀咕咕地说着什么。一见到这个衣着简陋的家伙进来，这些人立马停住了嘴。雷本停住脚步，站在那里等待着。“请问我们有什么地方可以帮您吗？”桌前的一个男人问道。“是要帮忙，”雷本说，“可不该是你。”

说着，他走上前来，递过去从那辆卡车上拿到的提货单。那人静静审视着这张单子，其他人也凑在他背后。这人一言不发，只是抬头看了雷本一眼，然后站起身来，走到办公室，敲了敲门，“西米克先生，”他说，“我有事找您。”

门轻轻地开了，那个人走了进去。趁着门开的当口，雷本瞥见有个年轻女子裹着条毯子坐在屋角的地板上。

雷本靠在办公区入口处的木头栏杆上等着。那儿的人好奇地盯着他看，雷本也不理会他们，百无聊赖地玩着自己的帽子。

里间的办公室门开了，刚才坐在桌前接待他的那个人先走了出来，他身后跟着一位年纪更大的绅士。这个人长长的脸上神情阴沉，手里拿着那张提货单。显然他没兴趣做自我介绍。

“你怎么得到这个的？”他问。

雷本没答话。

“那些司机呢？”他又问。

雷本抱起双臂，不置可否。

屋里的气氛肃杀起来。西米克指派一个手下锁上门。趁着这会儿工夫，雷本解开了他的制服外套，伸手去口袋掏手帕，正巧让黑色的枪托露了出来，大家都看见了。

“你是什么人？”西米克问。

“想想看吧，”雷本说，“就像……汤姆，那个黑靴骑士。啊，你肯定不熟吧……他是那个霍雷肖·阿尔杰*的哪本书里的人

---

* Horatio Alger(1834－1899)，美国著名儿童作家，一生出版了130余部作品。多是讲述穷苦孩子如何通过勤劳诚实致富发家的故事。道德说教浓重，语言呆板，但极其畅销。——译者注

物,在一所贫民学校上的学,是个苦孩子。他总是笑嘻嘻的,精神得很,什么也难不倒他。就这样,硬是摆平了各种难题,赚了一笔钱,足够他舒舒服服过日子的。"雷本收敛了嘲讽的笑容,严肃起来:"好吧,咱就摊牌吧,当面锣对面鼓,凭良心说话。"

约翰·卢尔德穿过米尔斯大厦面前的街道。恰好圣诞节也是他25岁的生日。他站在圣—吉辛托(San Jacinto)公园入口的阴凉地儿里等着诺克斯检察官,在那儿能看见他在咖啡厅里的包厢。小时候被父亲打骂的场景像虫子一样从他伤痕累累的记忆中爬出来,暴露在阳光下。一直以来,他都把自己刻意装扮成一个绅士,外表冷酷傲慢,相信自己从外表来看非常得体,俨然不是草莽出身。

然而,今天该是算总账的时候了。

这时,有一种人们称为"迷信"的东西控制了约翰·卢尔德。他回头一看,正是公园里那条阴暗的小路。小时候,爸爸常带他来这儿。这里有个用鹅卵石围起来的池塘,里面养着6只短吻鳄。谁也不知道为什么要在这里养着它们。然而,就在一个冬日的夜晚,他爸爸说服几个醉醺醺的野蛮人潜入公园,让他们把鳄鱼装进麻袋,名曰让鳄鱼远离寒冷,别把他们冻死在这里。

父亲带着那帮醉汉和鳄鱼搏斗了好几个来回,才把他们一条一条塞进帆布袋里。他在旁边一直看着。他们把麻袋运回肮脏昏暗的酒吧,把鳄鱼丢在火炉旁暖着它们。他跷着二郎腿坐在吧台前,看着父亲坐在那些人当中。他一手拿着根香烟,另一只手拿着瓶麦斯卡尔酒洒在每个装着鳄鱼的麻袋上面。

"我为你们施行洗礼,"他说,"奉圣父、圣子、圣灵之名……"

约翰·卢尔德需要记住一点,他爸爸做的事永远出人预料,他从不按套路出招。

诺克斯检察官带着另一个名叫豪厄尔(Howell)的探员到了。诺克斯是个衣着朴素,说话和善的人。他的眼睛已经花得不行了,戴着副厚眼镜,坚信权利会带来安全和秩序。他的人生信条是:人们主要的需求就是权利,而不是自由、叛乱或个性的体现。他们需要有效的官僚制度,其最终的表达是秩序。

诺克斯从不为愤怒或复仇所左右。他在这方面比较迟钝,而且缺乏同情心。他和手下的探员鲜有私交,也不关心他们私人生活的好坏,只是一味地要求手下像他那样对工作认真负责。

"那个女孩呢?"他问。

"她还在509房间呢。"约翰·卢尔德回答。

诺克斯把手背在身后看着那栋楼,想着该怎么办。这时,约翰·卢尔德凑上前来,说道:"长官,还有一件事……"

雷本离开米尔斯大厦，穿过街道，径直走向圣－吉辛托公园。他的双手抄在裤兜里，歪戴着帽子，显得傲慢自负。但是，他也相当机警，随时回头张望，看看有没有人跟着他。

他走到池塘边，看到游客们让孩子扒着石头沿儿看短吻鳄在平静的水下穿行，水面上满是蚊子。他没和人群走得太近，突然，1892 年那个冬夜的情景直直地撞进他的脑海里，仿佛那个男孩就坐在那个肮脏阴暗的酒吧里，头顶上煤油灯冒出了阵阵青烟，他就在烟雾里静静坐着。那是他的儿子……那时候，他刚刚 7 岁。

现在时间不多，眼前的紧迫压倒了昔日的回忆。他跳上一辆无轨电车，过了 6 个街区，到了一个空旷的停车场，他把布尔的凯迪拉克轿车停在这里。他打火，换上快档，对闹市区说了声“再见”，就一阵风似地开走了，车后面扬起一片尘土。

在布尔家里，雷本喝着酒，松了松领带，向他谈起在 5 楼办公室和那些陌生人周旋的经过。有一件事布尔可以断定是雷本能做的，那就是他能在瞬间发挥最大潜能，轻而易举地犯罪。

他告诉布尔自己已经把单子送到，就在离开埃尔帕索的那个晚上。布尔发现他迟疑起来，明亮的双眼猛地暗淡了下去，只有疲惫的声音还在继续，在房前回荡着。突然他感觉后背发紧，觉察到有靴子踏过碎石路的声音。他迅速掀开窗帘向外看,发现诺克斯检察官和另外两个人迅速穿过房前小路,在房子周围分散开,拔出了枪。

“妈的!”他说着,仓皇逃出他们呆的小房间,穿过厨房,在寂静的走廊边跑边开枪。厨娘被吓坏了,不停地喘着粗气,说不出话来。显然,她没料到会有枪声。

他突然滑了一跤倒在地上,枪从手里脱落了。雷本蜷缩着身子靠在走廊的墙上,坐在那儿,上气不接下气。调查局的人让他投降,他嗤之以鼻,咆哮道:“正经人,小地痞,都不是什么狗日的好东西。”

随后,雷本听见房子里回荡着零星的枪响。他能辨认出诺克斯检察官在向他的下属大喊大叫,下属报告说已经将雷本控制在走廊里了。雷本努力支起腿来,把胳膊放在膝盖上休息。

诺克斯检察官隔着几间屋子向他喊道:“放下武器,投降吧!”

雷本愤怒地把脑袋在墙上撞得咚咚作响。“刚往那婊子屁股里打一炮,才到高潮呢。”他接着喊,“我的律师怎么说?”

“放下武器,投降吧!”布尔说。

“还有点别的建议吗?”雷本问。

“我留着以后说。现在听我一句吧。”布尔劝他说。

在浅茶色的灯光下,雷本慢慢站起身来,伸出了胳膊,在走廊的台阶上被探员围了起来。约翰·卢尔德愣愣地看着雷本如何把被俘的过程当做履行一个无聊专横的仪式,或许是无耻,或许是习惯。侦探粗暴地推搡着雷本,把他铐了起来。雷本突然注意到他们中有个年轻人他见过,曾经在一座楼的休息厅和他说过话。“行了行了,”他说,“你们要是听我劝,就把枪收起来吧。”

第六章

一切都发生得太快、太轻松了，远远超出了约翰·卢尔德的想象。就算是教科书里写着的公式，也从未像现在这样干脆利索，不打折扣。自始至终，那个身影暗淡的人没受多少苦，也没招认什么。约翰·卢尔德现在似乎就能看见这个人最终会受到怎样的处理。约翰感到空虚无聊，似乎生命中所经历的所有事情就像灰尘一样飞舞起来，穿行在已经被打磨过很多遍的胸骨中间。

约翰·卢尔德、诺克斯检察官和另一个探员找了个蹩脚的借口，坐上了一辆游览车。豪厄尔探员奉命跟踪那个女孩，等她从米尔斯大厦中出来,就在边境处拦住她。她现在被单独关押在移民局的地下室里。

诺克斯和他手下的探员到达那里时,她被绳子捆着,呆在几排档案柜后面的地板上。她的目光哀怨凄凉,闪烁不定,她把手遮在脸上。“这是怎么了?”诺克斯问。

豪厄尔指着女孩说:“她脑筋有问题。”

卢尔德走到这个探员旁边说:“我告诉过你她是个聋子。”

“她可能是个聋子,但也是个傻子。”

诺克斯责备地瞪了豪厄尔一眼,说道:“她知道我们需要的信息。”

“可她是个弱智啊。”豪厄尔强调道。

卢尔德蹲下身去。稍微一碰,她就把手更紧地捂在脸上。他一根一根、轻轻地掰开她的手指,终于把女孩的手从她的脸上拿开。女孩看见面前的他,虽然周围尽是些陌生人,还在如此不友好的环境下,她似乎还是放松了许多。他慢慢扶她起来,让她坐在桌子前。这间屋子四面全是砖墙,没有窗户。只有盏电灯吊在天花板上。在这个可怕的地方,不会有人觉得自己可以放松下来。但他还是试着把一只手先摸摸自己的胸口,然后放在了女孩的肩上。

卢尔德转身对自己的指挥官说:“长官?”

“有人能想出办法来吗?咱们怎么对付她?”诺克斯问。

豪厄尔没吭声。只有约翰·卢尔德主动说:“我能试试吗,长官?”

“她和你呆在一起时似乎还比较放松。”诺克斯答应了。

约翰·卢尔德隔着桌子坐在女孩对面。他在来移民局的路上就一直在反复思索该如何和这个女孩交流。他从裤子口袋里掏出笔记本和铅笔,接着开始写字。

“她是个白痴。”豪厄尔说。

卢尔德没说话。

豪厄尔接着说:“而且,她是个墨西哥人。”

卢尔德回答道:“我就是在写西班牙语。”

“啊,”豪厄尔说,“对了对了,瞧我这记性。你也是个臭老墨嘛。”卢尔德转过身去,抬头瞪着豪厄尔。“够了,够了,你俩有完没完。”诺克斯检察官说。

约翰·卢尔德写好后,把笔记本推到女孩面前,指着他写的句子给她看:你认字吗?你看得懂我写的字吗?

女孩盯着记事本看了看,又看了看旁边的那些男人,一言不发。她只是坐在那儿,似水的忧伤把她淹没了。“我理解你,”卢尔德心里想,“其实我在这里和你一样孤立无援。”旁边的两个人沉不住气了,他们越来越不耐烦。约翰·卢尔德拿回笔记本继续写道:别怕,上帝会保佑你,我也会保护你的。

他把笔记本又传给她。她看看本子,然后,以一种孩子般信任的目光注视着他。女孩拿过笔来,一行又一行地开始写起来。写完后,约翰·卢尔德拿过本子来大声念道:没错,我认字,我的西班牙语比英语好很多。但是两种语言我都会,读写是没问题。我并不是生来就是聋哑,10岁时才变成这样的。10岁以前,我在圣母玛利亚教堂的修女开办的学校里念书。

约翰·卢尔德问他的指挥官:"长官,现在该问什么?"

"问她为什么来回进出边境?"

她看他写着,然后写道:我会有麻烦吗?

他写道:不会的。

她写道:我把钱缝在衣服里。

他大声念着女孩的回答。探员们看看彼此,议论纷纷。诺克斯命令约翰·卢尔德:"问她那钱是干什么用的。"

她答道:我爸爸让我这么做。所以我做了。

卢尔德吃了一惊,继续写道:那个带你去边境的男人,就是手里拿着左轮手枪的那个。他是谁?

她很害怕,颤抖着手写道:他……就是我爸爸。她又接着写道:我现在会出什么事吗?我爸爸看见我被你们带走了。他一定会命令我告诉他这到底是怎么回事。我必须对他解释。我好怕。

约翰·卢尔德看着诺克斯检察官。诺克斯显得冷静而谨慎,他说:"这钱是来自南方。肯定不是用来买毒品的。应该是走私货的……武器,这是最有可能的。我们查到的可能是一个走私团伙。这个团伙在这儿的根基有多深,在边境呆多久了?团伙里面的人和革命派有没有联系?我们得把这些查清楚以后才能下手捣毁它。这也就意味着这个姑娘必须先回去。否则他们会设想最坏的情况,然后改头换面。那样我们可就打草惊蛇了。”

“用这个小妞儿来威胁她爹,”豪厄尔说,“抓起来,先关她几天,然后把她爹引到这儿来。”

“这主意真不着调,长官,”卢尔德说,“他爸爸不会给我们带来什么信息的,只会带来一双臭靴子。”

诺克斯检察官扶了一下眼镜,揉了揉被眼镜夹出印来的鼻子。他问了手下一个探员,看看移民法案里有没有什么相关的条款。

“有条款规定有些人不能入境,长官。他们会别是:道德败坏者、身患疾病者、合同工……”

“LPC 条款*,”约翰·卢尔德说,“这个可能对咱们有用。”

“是的,”那个探员说,“援引‘潜在公共负担’的司法解释。

---

* LPC(Likely Public Charge)潜在公共负担的简称。自 1891 年开始实施后,就成了大多数入境者被美国领事馆拒签或被美国海关滞留的主要原因。通常无亲无友、身无分文和残疾患病的入境者都会导致 LPC 条款的引用,从而被拒绝入境。——译者注

在这个案子中可能会有用的，长官。”

诺克斯考虑了一会儿，同意了，“让移民局给她出一份 LPC 的拒签单，卢尔德，解释给她听，然后把她放了。”

片刻之后，卢尔德又申请了许可证以保证这个女孩通过边境时的安全。诺克斯答应了。于是约翰·卢尔德把她送回教堂里修女办的学校，建议她去那儿，然后找个修女送她回家。他相信这样会让 LPC 得到有效执行，也会平息她爸爸可能产生的恐惧抑或猜疑。不然无缘无故被带走并被移民局审问，换谁都不能不打个问号。

车停在教堂前，一束含着烟雾的光芒从圣器收藏室照出来，给夜空增添了一抹暖和的金黄。诺克斯检察官在办公室接到了布尔打来的电话。他希望如果可能的话，傍晚能和诺克斯见面，替他的委托人与调查局谈一笔交易，以提供一个走私团伙的相关信息作为交换，保释他的委托人雷本。

女孩指了指约翰·卢尔德的口袋，要出了他的记事本和铅笔，开始写字：我还不知道你的名字呢。

他写道：约翰·卢尔德。但我知道你的——特丽莎。这是个可爱的名字。

她在新的一页上用弯曲的线条画了个简单的十字架，十字架的每个端点都向外呈扇形散开。约翰·卢尔德举起手臂，耸起肩膀模仿她画的图形，好像在问这是什么意思。

女孩在十字架下面写道：你最需要帮助的时候，上帝会赐福于你。

他谢过女孩，把本子塞进口袋。约翰一直眺望着远方，当他转身面向女孩时，女孩却移开了自己的目光。她已经凝视卢尔德太久了，也太专注了。当她意识到这点时，就马上自觉地看向别处。

他突然感觉自己回到了小时候，成了那个曾经单纯善良的自己……天使降临，还和他说话。这种感觉一直萦绕着他，仙风吹过，空气飘香，教堂走廊里的光线轻柔地吻着黄昏。沐浴着这圣洁美好的一切，女孩柔弱孤单的身影端坐在那里，双手叠放在膝盖上。

生命单纯的美真实鲜活，蕴含着希望与无限可能，让他着实着迷。他闭上眼睛，试着完全沉浸在这种美感中，紧握住它，不再松手。女孩突然碰了碰他的胳膊，打着手势告诉他自己要下车了。

那夜，他失眠了。在自己租住的小屋里，他躺在床上。这里是他的小天地，他的精神港湾。1910 年的这一天拍击着他生命的彼岸。他躺在那里，做出了一个决定。这个决定是他一直寻觅的答案，会把他投向生命长河的另一边。

清晨，他被房东吵醒了。门厅的电话是找他的。诺克斯检察官命令他马上过来，不要和任何人说。雷本就要被释放了。

第七章

位于市中心的法院是座装饰华丽的3层建筑。这个庞然大物日复一日、年复一年地矗立于此，它的东边是一排斯巴达式的廊柱，在大楼的映衬下显得分外醒目。

这儿没有设立联邦法院，县法庭和联邦办公室都在2楼。阳光透过穹顶从天井倾泻而下。

约翰·卢尔德进来时，诺克斯检察官正在和一名律师说话。卢尔德等在一边，颇有点不耐烦。阳光透过穹顶，热辣辣地照在他脖子上。他们终于结束了谈话，诺克斯独自向他走了过来。

“卢尔德先生,我很欣赏你能及时到达。我们有很多事要……”诺克斯说。

“长官,我可以把你的话理解为……”卢尔德插话道。

“卢尔德先生,听我解释你就会明白了。而且,我说话时你就不必插话了吧。”诺克斯有些不悦。

“抱歉,长官。”

诺克斯拉着他向前走了几步,找了个没人的地方,低声和他谈起了昨晚布尔给他打电话的事。地区法官把自己的办公室让给了诺克斯,这样就很少会有人听到他们两人的谈话了。诺克斯坐在法官的办公桌后面。他已经拿走了那个舒适的律师椅,只给等会儿来的布尔留了个硬背的破椅子,这椅子已经快散架了,坐上去晃晃悠悠的。布尔来了,身穿高雅的晚礼服,他简直可以穿这身儿去听歌剧了。他坐在了那张硬邦邦的椅子上,盘起二郎腿,一手拿着烟抽着,然后把烟灰弹在另一只手的手掌里。

“我的当事人到达米尔斯大厦时,你已经在那里安插了一个探员。”他说。

“是的。”诺克斯回答。

“那么,除非我的当事人是在那儿的摩登咖啡馆喝咖啡或在那家百货商店买东西,否则再做任何事情他就是动机不纯,存在犯罪嫌疑,是吗?”布尔逼问道。然而,诺克斯并没有答话。

“我们都知道，这座楼在那一带出名以后，吸引的都是些什么样的人，无非是游手好闲、肆意挥霍的混混吧。那里迟早要闹出点什么事儿。正如我昨天在电话里说的那样，我的当事人手里掌握着很重要的信息，你确实会发现你们现在的或者以后的调查很需要这些信息。”布尔说。

“如果他提供的信息确实可靠并有价值，我们会把他放了的，到时候……”

“我的当事人仅仅只拥有联邦政府的一份好意，这是远远不够的。”

“我明白了。情况既然这样，那么你们能为我们稍微做点什么呢？”

“我的当事人经特殊渠道获悉某些机构的运营严重违反了美国法律。他凭借自身独特的经历，可以随意进出那些你们需要了解的地下组织，获取内部信息，替你们调查并最终一举破获这些组织。简单说吧……要想让我的当事人为你们服务，你们就得保证签发他应得的豁免令。”

布尔站起身来。他走到窗前，打开窗户，把烟灰弹向夜幕之中。他在窗前站了一会儿，然后回过身来。他微笑着说：“好像这个办公室里有一把椅子不见了。”

“是吗？”诺克斯说，“我不知道啊。”

“上周我来看他的时候还有呢。无所谓啦。”他仍然站在窗前,斜靠在窗台上。

“诺克斯先生,总有一天,出于纯粹的功利,政府还得靠招募流氓来惩治流氓。事实上,我们这些执法者,还有你所推崇的这个权利体系,骨子里也不过是些流氓罢了。”

“我想,即便在你所说的流氓政权里,我也得算是出生入死的流氓。”

“是雇佣到优秀人才但是驾驭不住,还是招募些个地痞混混,但是个个听话好使,哪个更好,您能不清楚?”布尔问。

诺克斯探过身去,在心里想着可能的行动计划,权衡着事情的轻重缓急。他把胳膊肘放在桌子上休息,用手撑着下巴。他在研究眼前这个律师,审视着他。光线从墙上的电灯打下来,照得布尔的肤色更加发黄。衬衫领子上布满皱纹,他的脖子显得过于细瘦了。“衣领里有毒品吧?”诺克斯问。

布尔吐出一串铁轨一样细细的烟圈。

“是吗啡。这吗啡是……”

“吗啡能让我放松。”布尔把手里的烟抛出窗外。“我好这一口……还是个孩子的时候就这样了。也许正是它让我成为如此有能力又有成绩的律师吧。”

“所以雷本总要在边境上来回穿梭,对吧?”诺克斯问。

“是啊。”

“我们在那边没有权力逮捕你们。”

“这并不意味着你们不能，或者不该派个卧底跟着他，为了收集证据，探究事实，也为抵御那些潜在的破坏国内安全的个人或组织。这个卧底可以有权管理我的当事人。这件事上还是有的谈。”

“我的卧底是靠着我的人际关系才混进敌人内部的，你让他怎么管这个人啊？”

“有办法啊。”

“你几分钟以前不是说过你绝不会允许你的当事人……”

“仅仅只拥有联邦政府的一份好意。我强调了‘好意’这个词。”

约翰·卢尔德听到诺克斯检察官说的“应得的豁免权”，差点气得吐出来。他站在大穹顶下，光线打在他身上。卢尔德试图去搞清楚诺克斯找布尔谈话的用意何在。

“好吧，”诺克斯检察官说，“会有一名卧底陪同雷本进入墨西哥的。但他必须完全听命于这名卧底，至少在战略运筹上要服从。我正在考虑让你担当此任，卢尔德。”

“什么？可是长官……”

“你在这方面的经验虽然不是最丰富的，但你是唯一一个真正可以熟练运用两国语言的人。说实话，我早就想好了要用你。”

卢尔德听完诺克斯检察官的话，又说：“长官，为什么一定是我呢?”

“因为性格。”

“性格……我的性格怎么了?”

他能感觉到自己的声音已经透着愤怒了。

“不是性格缺陷。而是……我注意到我们审问那个女孩时,你对豪厄尔的反应。其实,一分钟前说要派你去,我也听到了你声音中的愤怒和不满。我并不质疑你的奉献精神,但我需要保证派出去的卧底在什么情况下都能保持冷静,就把这件事看做……你尽可以做出你自己的实际决策。正如我在审判中也必须保持冷静一样。希望你能做到。”

约翰·卢尔德之所以能够成功,冷静早就是不可缺的基本素质了。职责要求他必须极度地精力集中并且勇于献身。所以,某种程度上讲,诺克斯检察官是对的。约翰·卢尔德刚才确实失职了,显得很不专业。

“长官,只要一到墨西哥,我就不能使用法律约束他了。”

“不是的。”

“那我们怎么控制他呢?”

“他知道如果自己没有尽到义务,试图开小差,甩手不干或者干脆逃跑,那你就有权利杀了他。他也知道如果他敢威胁你的话,你也有权杀了他。他还知道如果你发生了什么意外,即使错不在他,性质也和他没尽到责任一样。所以,他必须把你活着带回来。”

“如果有机会出现,他为什么还必须遵守这些条条框框呢?”

“因为我们手里也有他想要的东西。”

“是什么?”

“我们有能力把他不光彩的过去一笔抹掉……给他应得的豁免权。”

他了解,父亲和他一样,骨子里都有一种纯粹的自私。所以此刻,他可以理解并信任自己的父亲。

“您的意思是他自己有‘实际决策’的权力。”

诺克斯检察官的额头深深地皱了起来。

“对……现在,我很关心你是怎么想的?”

“长官,‘实际决策’需要我去哪儿,我就去哪儿。”

粗呢外套和武器都摆在床上。约翰·卢尔德坐在自己房间的书桌前。他写完临终遗嘱,熟练地折好,又用拇指捋好边儿,把它塞进一个信封,和银行存折放在一起。他封上信封,在上面写道:如果我失踪或死亡,请打开信封。

卡车停在布尔房子后面的一块儿空地上。诺克斯检察官把雷本秘密押解到那里。约翰·卢尔德提前到了,因为他想和布尔单独见一面。

布尔坐在书桌旁边。桌上摆满了一本本翻开的法律书籍，还有一杯杯放了很久忘了喝的咖啡。一块丝绸手帕上还摆着一根针。他和那天晚上的打扮一样，还穿着那件有褶饰边的衬衫。卢尔德由那位安静的女仆引进他房间时，闻到空气中弥漫着大麻的气味。

这位年轻人把猎枪与步枪都隔着布尔的粗呢外套顶在了他身上，布尔的表情痛苦万分。

“他们还没到，趁着你这会儿还清醒，咱们赶快谈谈。”

约翰·卢尔德走近书桌，从外头口袋里掏出一个信封。布尔转头望向窗外。河对面的群山顶上，层林尽染，一片片鲜艳的红色，映衬着河水的碧蓝，分外多姿。约翰·卢尔德把信封放在布尔面前。

“这是什么？”布尔问。

“我想请你做我的律师。”卢尔德说。

布尔拿过信封，打开一看，卢尔德的遗嘱跃然纸上。

“如果我真是你的律师，那我会劝你不要做这种堂吉诃德似的噩梦。”

“你同意做我的律师了？”

布尔无奈地点点头。他得肩负起这个责任。

汽车行驶进房子附近的车道。诺克斯、豪厄尔和那个杀人犯一起下了车，当然现在那个杀人犯已经变成了他们的一个

“新成员”。窗前的布尔和卢尔德注视着豪厄尔和雷本走向车库上方的客房。雷本还穿着他的那套西服,戴着礼帽。

“他看上去就像一个个绅士穿戴整齐,出去散步刚刚回家一样。”布尔说。

“这个信封里有个存折。”约翰·卢尔德上前拿过自己的粗呢外套和武器。“我已经把账户的使用权授予律师。你从里面取走律师费就行。用剩下的钱给我办丧事吧,把我埋在我母亲身边。”

布尔留下了信封。他憔悴的目光环顾整间屋子,仿佛又回到了若干年前。“孩子,我还记得你小时候就坐在那张椅子上。”

约翰·卢尔德的身体弯了下去。“那你知道我是谁了?”

“是啊……只要需要,我的私人侦探会随时为我服务。我还记得那天晚上我给了你点儿钱,告诉你,你的出生是……”

“一次随机的犯罪。”

“当我看见你脸上的表情时,很后悔过去给你说这个。”

“如果你在道歉,我接受。”

“他绝不该再回来的。我警告过他。”

“有些人只是控制不住自己。”

“我希望你不会这样,约翰。”

第八章

约翰·卢尔德走出房门，看见雷本正在卡车边仔细检查车况。他还戴着那顶帽子，不过现在身上换了一件墨西哥式的白衬衫，一条帆布裤子塞进一双结实的旅靴里。他肩挎一个铺盖卷，双手塞进腰间皮带里，皮带把手压得扁扁的。诺克斯和豪厄尔在边上看着他。看见约翰·卢尔德走过来，他轻触帽檐致意，咧嘴笑了笑，“长官大人……雷本保证完成任务。”

约翰·卢尔德从车右边走过去，把自己的东西放进卡车的驾驶室里。

“他叫什么名儿啊?”雷本问道,但是没有专门问谁,接着自顾自地说起来。“我记得很多年前读过一本书叫《先驱》,书中讲的是有位绅士在非洲最艰苦的地方旅行,就是为了寻找某个有名的医生,后来他终于找到了,发现医生在贫民窟里和一堆土老帽住在一起。他就说:‘医生啊什么什么的,我保证。他妈的这人到底叫什么啊?’”

约翰·卢尔德又一次经过他身边,和诺克斯还有豪厄尔一起站在几米外的地方,一起把行动计划最后定下来。就剩下雷本一个人呆着了,他斜靠在卡车上,装作不经意地往下张望,想看看驾驶室后面他藏的那把枪还在不在。

卢尔德他们三个人结束了谈话,互相握了握手。约翰·卢尔德向车子走了过来,雷本赶忙直起身,装得和没事儿人似的。卢尔德对他说:“上车吧。我来开车。”

“哎,好嘞,长官。”雷本回答。

卡车隆隆作响,开出了那片野草尽除的空地,经过房前车道,开过布尔的房子,一溜烟儿向前驶去。布尔站在阳台上看着卡车的离去。他阴郁地凝视着两个人离去的方向,心里有一种不祥的预感,仿佛看到了这世界的创痕如何铸就了这些人命运中的劫数。

雷本把身体探出车窗,向他的朋友大喊:“等我赎罪回来,咱俩到时候一起搓一顿,找个漂亮妞好好乐呵乐呵。”

他坐回到座位上对约翰·卢尔德说："要是你需要找个律师，他可是个好人选。那个婊子养的能把死人说活了，本事可大着呢。"

"想象得到，"约翰·卢尔德说，"他看来是撒旦派来的啊，还干得不错。"

他们开出埃尔帕索，然后拐向了通往福特布里斯的路，一路无话。雷本说他们要去的地方是在威科山脉的某个地方，那里已经藏好了武器。

卡车开过了一个个车辙遍布的悬崖陡坡，低矮坑洼，碎石满地，非常难走。从这里往回看，他们还能看见埃尔帕索。格兰德河谷宽广博大，孕育着文明。一条条铁路和公路途经此地，又四散延伸到了炎热的南方。此时此刻，这条河谷完美地烙在雷本的心中。多年在外流亡，终于回到了这里，雷本在心里悄悄地诅咒着自己，怎么当初犯傻，丢妻弃子，离开这么好的地方这么多年，也失去了这么多年的美好青春。

约翰·卢尔德注意到父亲脸上懊恼的神情，只当他纯粹是因为自尊心的受挫在自寻烦恼，所以没有理睬。

雷本回过头来，不再盯着埃尔帕索，免得触景伤情，他问："你姓卢尔德，对吧？约翰·卢尔德？"

他谨慎地看着父亲，答道："对啊。"

“你喜欢别人怎么叫你?”

“无所谓。”

“那我就叫你卢尔德先生吧。”雷本从口袋里掏出一包烟递了上来,“为了我们顺利到达地方,来一根儿吧。”

约翰·卢尔德目不斜视地看着路,就是不看他。但心里忍不住地想:我该忘掉他的声音的,对了,还有他那副腔调和说话方式。他那点小恩小惠让人觉得他说的话都不靠谱。

雷本点上烟,观察着身边这个年轻人。只见他身穿卡其色的裤子,脚上的靴子擦得锃亮。身穿一件背心,戴着防水的马洛里牌帽子。整个人就和刚从蒙哥马利—沃德商场*(Montgomery Ward's)跑出来的一样。这个年轻人是个蓝领工人的扮相,除了他肩下枪套里那只自动手枪。

“这是把勃朗宁吧?”

“对,是勃朗宁。”

“要烟吗?”

“我自己有。”

“你来自埃尔帕索?”

“嗯。”

---

* 蒙哥马利–沃德(Montgomery Ward's)坐落于芝加哥的大型百货商场,同时也是日用百货邮购业的开创者。——译者注

“卢尔德这个词听起来像法语。这是个法国名字吗？你是法国人？”

约翰·卢尔德靠着方向盘说：“这是个法国名字。”

“你有墨西哥血统。我听得出来。”

“是，我是有一部分墨西哥血统。”

“英国血统呢？还是现在法国人和英国人都一个味儿了？”

“我有英国血统。”

“那你是个杂种了。”

“有意见吗？”

雷本把腿架在车子的门框上，双腿伸出窗外。他抱起胳膊：“当然了，咱们都是杂种，对吧？除了那些不要脸的德国兵，他妈的还以为自己纯洁得像嬷嬷的处女膜呢。”他使劲甩了甩烟灰，“即使是基督也是个杂种。一个地地道道的杂种。半人半神的，啥玩意儿啊？纯粹胡扯。你也信这个吗？唉，你怎么想的？”

“操，我还管他。”

雷本大笑起来，尖锐的笑声划破了他们之间长久的沉默。他黑漆漆的眼睛不怀好意地盯着卢尔德看。“嘿，我们这儿有个年轻人不用张大嘴就能咬人。”

他一点儿预感都没有，甚至是一丝记忆的气息都没有，他做梦都没想到过这个和他共乘一辆卡车的年轻人,近在眼前的约翰·卢尔德,就是他的儿子。他觉得约翰·卢尔德就是茫茫人海中的一员,一个下次见面都不一定会认识的面孔罢了。这样的想法已经成了他情感冷漠的惯用手段了,可是,现在不是这样了。看着约翰·卢尔德冷酷无情的容貌和沉着的目光,他想知道这个人到底是谁。

很快,前面出现了一片平原。那儿就是福特布里斯了。首先映入眼帘的是些两三层楼高的兵营和一排排新扎起来的帐篷。在过去这几个月里,露营扎寨的规模在急剧扩大,到处都是一排排骑兵和一辆辆运输补给的马车在灰蒙蒙的扬尘中穿行。

“他们在准备应对那边的革命呢。战争要来了。”

“你是这么想的吗?”雷本说,“你多大了?”

约翰·卢尔德定定地看着他,没有说话。

“快看那儿啊! 看那些大炮。”

黄沙弥漫,一堆堆的草料摞在地上,一箱箱的弹药和一挺挺的重炮一字排开,场面宏大。

“墨西哥人只是训练用的靶子。好戏还在后面呢。这些孩子在这里等着去欧洲和德国鬼子打仗呢,还有那些婊子养的外国佬。战争狂不打仗还能干什么? 但总比那群臭苦力强吧。”

一队队的骑兵跑过来。约翰·卢尔德把车顺着路边开。

雷本摇晃着爬上驾驶室座位，紧握着两边的铁架子，头伸出了敞开的帆布顶棚。他摘下帽子挥舞着，迎着随时钻进嗓子眼里的沙尘扯着嗓子向过往的军队唱道：

我是一个美国汉，
活着就是为抗战；
山姆大叔的好侄子，
7月4号是我生日。*

路上，疲惫的骑兵们既不笑，也不欢呼，其他人只是看着雷本，仿佛他只是一个乏味的过路人，避之不及。雷本大喊道："国家为你们自豪！"就摇摇晃晃地缩回身子，坐回到驾驶室里。

他发现约翰·卢尔德在看他，就打起精神，眨眨眼睛作为回应。"快看这些孩子们，卢尔德先生。多棒的大小伙子。这些孩子像一群哑巴骡子一样集合在一起。你还知道什么？他们整装待发，也是去咱们要去的地方。"

---

* 《Yankee Doodle Dandy》著名的美国爱国主义歌曲，流行于独立战争期间，反映了美国人民反抗英国统治的革命乐观主义精神。——译者注

第九章

约翰·卢尔德什么也没说。他只想做好手头的工作，不想多事。还是个孩子的时候，他就已经见识过男人的这种破坏性了。这是一种纯粹的破坏欲望，即使是与自己的最大利益背道而驰也在所不惜。如果此时此刻"破坏"就是这位父亲送给儿子的礼物的话，儿子只会回以轻蔑的沉默。约翰·卢尔德心想："你就得瑟吧，想从井里取多少水都行啊，反正不是我喝这水。"

"小子，你这样做没错，"雷本说，"别在意。我就是看见什么吆喝什么。当过劳改犯的人就这德行。我并不是对那些当兵的有什么看法。其实,我倒是特别喜欢咱们的军队。"

他摘下帽子,用手帕擦擦汗。约翰·卢尔德望着他,他也看着卢尔德,目光碰撞,他突然焦虑起来,但似乎这份焦虑还是合情合理的。

"卢尔德先生,你相信吗,就像毒药一样,爱的毒性和恨的是一样大的。"

"确实如此。"

"这是至理名言。我出生在一个叫斯开普敦的地方。那儿污水满地,人渣到处都是。有一条发源于圣萨巴县(San Saba)麦卡维特堡的河流经那里。我们那儿八成是德国人修的。那儿有老多德国人呢。我母亲就是德国人。她是干那个的。开妓院的老鸨子老嫌她们拉客不卖力。整天两条大腿劈得老开,就是没人插。"

约翰·卢尔德望着父亲,听他回忆起往事。这是卢尔德打出生以来就从没听说过的家史,从来没人告诉过他。对他来说,世界中的这个角落向来就隐藏在黑影中,从不见天日。今天,终于云开雾散,得以窥见些许真相。

"我父亲,怎么说呢,我母亲推算,他大概是个军人。那时有个阅兵仪式。无论是士兵还是军官都要参加。当然了,他也可能是个点头哈腰的小职员,那脊梁骨是鱼骨头做的,从来没直起来过。或者是个神父,随时祈祷自己那玩意儿能挺住。嗨,总之就是个什么什么‘随机的犯罪’吧……律师布尔就管这样来到人世的人叫……随机的犯罪。”

雷本突然变得冷酷起来。和刚才掏心掏肺回忆往事的他简直判若两人。想象一下接下来会发生什么吧。你真的不可能再想到了。他独自坐着,灼热的阳光照在他身上,好像正在和自己的灵魂悄悄地交流着。路上的尘土扬起,飞进他的眼睛里,就像是在伤口上撒了把盐一样疼。

雷本望着身边看守他的这个年轻人。卢尔德避开他的目光,从衬衫口袋里找了一包烟。雷本看在眼里,凑上前去划着了一根火柴预备着。约翰·卢尔德勉强地领了他的情,点上了烟。雷本说:“顺便说一下呵,我可不是在闲扯。我也需要你接茬啊。你得说点儿什么吧。”

“你继续说就是了。”

“好吧。两天后我们会到华瑞兹市。我去赎罪,然后出来。但我看你这一身从蒙哥马利－伍德商场置办的行头,我可不知道人家会不会让你进,会不会怀疑你。”

儿子从帽檐儿下盯着父亲看。帽檐儿把脸遮了起来,父亲看不到他的表情,只能等着他回话。

“你知道你在这儿是干什么的吗?”约翰·卢尔德问。

“你是问我为什么在这儿?”

“是的。”

“这大概是因为我这辈子不干正事或者……”

“不是。”

“哎呀,那你干嘛不告诉我啊?”

“自己好好想想。”

“就是给我点儿提示也行啊。”

“你来这儿是因为我。是我提供了线索,你才被捕的。”

父亲愣住了。

“明白了吧。”儿子目光闪动,神气活现。“我来之前你还是自由身。所以,目前为止我做得还不算太坏嘛。”

福特布里斯东边是几个天然泉眼,南来北往的人们都爱在这里留步歇脚。慢慢地,人们用一些破木头和沥青布搭了些窝棚在这儿住了下来。这儿有一家路边旅馆,过往的军队常住在这里。旅馆里有两个菜做得很难吃的小饭馆,还有几个腻人的推销商,在一个窝棚里还有一家妓院,算是暗娼吧,部分时间营业。这儿的客人总是络绎不绝,也就成了埃尔帕索和卡尔斯巴德(Carlsbad)之间的主要通道。

在这里,两个人停下来歇脚。约翰·卢尔德检查车子的散热器,又从车斗里拎出一桶油来加满了油箱。雷本去那家路边旅馆买了些啤酒,放在了他藏武器的地方,准备在去威科山的路上喝。

约翰·卢尔德靠在卡车斗上,眺望着远处的群山。他在想把货物走私进墨西哥的时候,怎么才能不出岔子。

“我真他妈的眼红啊。”他身后的人说。

他转过身去,看见一个男人向他走来。这个人长着一副宽脸盘,硬硬的胡茬簇拥着一团微笑。他脸色红润,身板健壮,一看就是个干体力活儿的人。但再看他那身行头就知道此人绝非善类。

“多棒的车啊! 是最新款的三吨载重卡车,对吧?”

“是啊,先生。”

这是个足部有残疾的人,走路的时候,一只弯曲的脚有点儿拖地。“介意我上来开一把这车吗?”

“介意,先生。”

这个人走到车底盘处,定睛仔细欣赏着车子的做工。他指着车身上“美国帕台农”的字样,问道:“这是你的公司?”

“不,先生。我只是个司机。”

“哦? 在我看来,你可不简单,迟早混个大官儿。”说到这儿,他眨眨眼睛,似有深意。然后他往驾驶室里看,仔细研究着方向盘和车档,还有底下的踏板。“放眼未来吧,孩子。这是个激动人心的时代。上帝啊,我要能像你那样年轻,干什么都愿意。”

雷本走向卡车。他手里提着两瓶啤酒,放在了驾驶室的座位上。他碰巧听见了那个人说的话。这会儿,那个人正看着他呢。“你身边那个朋友会告诉你。时间就像撒尿一样,一下就过去了。考虑一下未来吧,孩子。就像几分钟前你还在那片山里。妈的,我可不想再走一遍这条道儿了……”

那个人走后,约翰·卢尔德走到车旁。雷本说:“我给你买了瓶啤酒,希望这不算是贿赂。”

卢尔德只是说:“上车吧。我们该离开这儿了。你来开吧。”卡车隆隆作响,径直向东边开去。约翰·卢尔德在行李中掏了好一会儿,终于找到了他的望远镜。

“你看什么呢,卢尔德先生?”

“刚才那个人确实喜欢这辆卡车。但他更感兴趣的是我腋下手枪套里的枪和驾驶室里的这些武器。”

儿子聚焦望远镜时,父亲回头扫了一眼那片泉水叮咚的土地。阳光耀眼,热浪逼人。只见几个人骑在马背上,还有个骑在摩托车上,朝他们追了过来。摩托车陡然加速,冲到了最前面。

“至少有四个骑马的,还有一个骑摩托的。”

“那个人也在他们中间吗?”

“看不清啊,尘土都扬起来了。”

“他们可能是劫道的。”

“甚至更糟。”

“卢尔德先生,我以后还用得着再使枪吗?”

“我又不是算命的。”

“好吧，我猜到时候我怎么着也能混瓶啤酒喝吧。”

摩托车远远地把那几个骑马的甩在后面。但是还没快到能追上卡车的地步。看来有必要停一下车了。显然，摩托车渐行渐远，死活追不上他们了。约翰·卢尔德决定找个地方把武器藏起来。他们把车开到一条尚未被风沙掩埋的马车道上。一堆岩石赫然伫立在那儿。一束束阳光从岩石两边照过来，投下了永恒的黑影。四周静极了，只有卡车发动机还在隆隆地响着。

岩石裸露的群山，掩映着一小块平地。这里留有一个村庄的残垣断壁。整块的砖坯砌成了一个二层高的无顶会议厅。风力越来越猛了，荒弃的土地越发让人感觉自己是身处荒凉的弃世之中。夕阳西下，一天即将过去。约翰·卢尔德让雷本把车沿着那条马车辙一直往前开，穿过丘陵，随时拿望远镜观察着周围，看看那些人有没有追上来。

“还得等上两个钟头了，”雷本说，“要那些骑马的追上那个骑摩托的就得用这些时间。再等他们到这儿，还得俩钟头。早着呢。”

“你藏的那些武器呢？”

“不是吧，卢尔德先生，显而易见就在这儿嘛。”

不妨说他们过去是在这儿。父亲让儿子跟着他，越过那个会议厅，来到一个满是裂缝和沙子的斜坡上。继而，他挥手让儿子跟上来。他爬上斜坡，看见一个由拳头大小的石头组成的一条垂直的线，然后爬到离之最近的一个坡顶上，蹲下身来。

“注意这条由岩石组成的线。这就是标记。现在，站近一点儿，卢尔德先生，然后等待奇迹发生的时刻。”

父亲把手往下一戳，他的胳膊，一直到肘部都消失在沙地里。当他拉动沙子时，沙子顿时呈现出了带状和斜纹状的花样。这片土坡仿佛学会了变脸，又如同里面隐藏着的怪物要冲出来一般。

“来这里蹲下来，划一根火柴好吗？”

火光如面纱一般罩在地上，一堆板条箱盖着油布藏在那里，沙子把油布盖了起来。“那是些什么？”

“你的兵工厂啊，花园一样的，里面品种全乎着呢。卡宾枪、弹药、手榴弹、炸药和雷管，还有点50口径*的机关枪。卢尔德先生，这儿的家伙，足够你把神圣罗马帝国打垮了。”

约翰·卢尔德吹灭火柴。

他让雷本把卡车远远地开到会议厅的背面，远离武器藏匿

---

* 点50口径，即为其发射的子弹弹头口径为0.5英寸，约合12.7毫米。该口径的子弹威力巨大，直到今天仍列装美军。——译者注

的地方。他背着的猎枪晃晃悠悠地用皮带挂在肩头，手里松松散散地拿着步枪和望远镜。他跑到一个地方看路该往哪儿走。这时，就剩下雷本一个人了。大概是怕热，他索性跑到车底盘下面躲了起来。

到埃尔帕索前，雷本把一条随风舞动的皮子钉在车子底盘外壳的下面。他把皮子的三个边都钉在木头里，只留一边敞开，形成一个口袋，藏了一把自动手枪。然后他钉死了最后一个边，把枪固定在那儿，确保它既不会晃动，也不会松掉。

第十章

地平线渐渐下沉了，天空柔软的碧蓝悄悄地躲了起来，夜幕覆盖大地。约翰·卢尔德静静地坐在山坡上，那一小块空地的上方。雷本走上前来，站在他身旁，仰望天空，月亮还没升起来，俯视大地，观察着脚底下的路。

“你准备怎么打这一仗？有什么想法吗？”约翰·卢尔德抬头望向满街的残垣断壁，盯着以前是会议厅的地方，问道：“这里以前是什么地方？你知道吗？”

雷本用手背擦了擦脸颊。“亏你还是埃尔帕索的，从没听说过这事儿吗？”他戴上帽子，接着说：“这是那些……乌托邦之一。你知道那是怎么回事儿,对吧？嗯……这个倒是有些不同。原先这里只有女人。来自世界各地的女人:英国女人、墨西哥女人、印度女人、中国女人……哪儿的都有。甚至连非洲的都有。她们就像个部落一样住在一起。她们会举行一些仪式,仪式上她们是不穿衣服的。裸体的女人哦,卢尔德先生。"

儿子望着这些被遗忘的断壁残垣,努力地想象着当年的盛景……

父亲甩了甩头,大笑起来,"卢尔德先生,你纯粹就是一个傻帽,这是我见过的最可笑的骗局了。"他摇着头,笑得几乎背过气去。

儿子强忍着没有发作,而是自我解嘲地笑了笑,承认自己受骗了。"哦,顺便问一句,"约翰·卢尔德说,"你找回那把枪了吗?"

雷本僵住了:"什么?"

"藏在车底盘底下的那把自动手枪。我今天早晨早就检查过那辆该死的车了。"

雷本把盖在原来藏枪那地方的衬衫拿了起来。"卢尔德先生,我不得不对你刮目相看了。"他拿回枪,手里握着那把黑色的32 *枪,嘲讽地说:“百特一玛斯特森**宣誓的时候,手里就拿着这支枪。广告里大概是这么说的。还有……这也是家庭主妇防贼的绝佳利器。”他把衬衣塞在裤腰里,又把枪别在腰带上。他停了一下,把帽子戴正,然后说:“卢尔德先生,你看,人们常用枪和穿睡衣的女人来做广告,说明这个世界现在还正常。”

儿子又陷入了沉思,思索着该如何打这一场硬仗。父亲站在那里继续观察着路上的情况。这个时候,夜色也越来越深了。

“卢尔德先生,你是出生在一个虔诚的基督徒家庭吗?”

儿子抬头看了看父亲,以一种平静的语气回答:“只有一部分。”语气中,带着若有所指的一份安静。

“好吧,那你这会儿最好收起那部分虔诚的信仰……因为,他们来了。”

约翰·卢尔德站起身来。他俯视小山下黑暗笼罩的道路,可是什么也没看见。雷本跟在他后面,指给他看。父亲的胳膊正好穿过儿子肩膀的上方。这时,一道窄小的光亮在远处停留了一会儿,但并不是真正的光束。借着光,父亲指给儿子看:

---

* 即8.12毫米口径。——译者注

** 百特-玛斯特森,(1853-1921)美国西部传奇人物,著名的水牛猎手、侦察兵、宪兵、记者。后有一部同名电视剧展现了他的传奇一生。——译者注

“再远一点儿，更远一点儿，就在峡谷下面。就在那儿，看见了吗？”

“没看见。”

“我相信这是他们在借着手电筒的光洗桥牌呢。知道吗，他们把手电筒凑在离地面很近的地方。这样你看到的就只剩下一个小小的流动的光点了。”

父亲此刻离儿子非常近，能感觉到自己压到了儿子背后藏着的武器。

“大晚上的你是看不真切远处的东西的，卢尔德先生。想看清楚的话，办法就是要扭扭头，睁大眼睛，把余光也用上。”

儿子照父亲教的办法试了一下，确实很快就发现远处有个小东西在动，小到几乎看不见。

“是的，”约翰·卢尔德说，“我看见了。你说对了。”

“这么多年来我老是被追杀，不练不行啊。”

儿子回头看着父亲，问：“你的意思是，你总遭到追捕，对吗？”

“是啊，卢尔德先生，这次不也是一样嘛。不过他们现在聚成一对儿，跟你和我现在一样近。所以，你本来是追捕者，我本来是被追捕者。现在咱们都是一条线上的蚂蚱，没什么区别了。”

约翰·卢尔德审视着这个赋予他生命的男人，问：“你这是威胁我呢,还是提醒我呢?”

“还是用你优秀的判断力自己看吧,长官。不过无论如何,我们可享受不了多长时间的平静了。硬仗马上就来了。”

夜晚,他们栖身的那一小块儿空地就像是一汪越来越深的湖水。父亲和儿子都撑着手肘蹲伏在那里。一小撮人慢慢出现了,静静地从小山丘那边过来了。父亲伸出3根手指,儿子表示赞同。

那几个人就在父亲和儿子的枪口下移动着,他们完全不知道自己的小命可以随时上天。风不知从哪个方向吹过来,扬起一阵沙尘笼罩着这片凹凸不平的山麓。父亲悄悄问儿子:“你耳朵怎么样?”

“问这个干嘛?”

父亲摸着自己的耳朵,伸出一只手指了指会议厅遗址那边儿的岩石。儿子会意。

“初次见面,不打招呼怎么能行。”说着,雷本蹑手蹑脚地从他们呆的地方顺着土坡上的沟壑爬到远处,儿子只能听见一些岩石松动的模糊声响,父亲消失了。

约翰·卢尔德此刻僵硬地卧在地上,一动不动。他以前从未杀过人,而且,此时还有别一番千头万绪一齐摆在他面前。夜幕中,那些人影终于找到了一片残垣断壁。他们绝不该被当成人看，其实只是些移动着的衣服罢了。这些黑影是些即将终结的生命。他们在街道的废墟上缓慢艰难地跋涉着。夜里的温度还没有下降，但约翰·卢尔德已经在颤抖了。风钻过他的衣服，划过他的皮肤，就像是阴森恐怖的鬼魂附在他身上。他害怕极了。

那些人会在毫无预兆的情况下突然被杀掉。他们会在自己还没来得及凝神屏息的时候就被枪击倒。其中一个男人伸手示意其他人停下。他谨慎地向前走了几步。约翰·卢尔德从那弯曲的脚和半跛的步伐辨认出他就是他们在路边旅店遇到的那个男人，就是那个满脸硬胡茬子，精神愉快，嘴角还挂着笑容的家伙。那个人好像发现了什么。约翰·卢尔德希望那是铺盖卷横躺在会议厅遗址的墙根上，放在那里就像是睡着的人一样。

他们又向前走去。这会儿，约翰·卢尔德可以确定他们就是追杀他和雷本的人。他看着他们徐徐前行，就像是参加仪式一样不紧不慢的。他们几个人毫无战术可言。纵然大难临头，一个个还是那么从容不迫，气定神闲地往前“溜达”，有一种无言的高贵和沉着在里面。这是约翰·卢尔德不曾拥有的感觉。

会议厅遗址静静地伫立在茫茫的夜空下。空洞一般的窗框和宽宽的双扇门框都无言地诉说着这里的空寂与凄凉。

约翰·卢尔德检查着雷本爬过去时留下的印迹。他的神经绷得紧紧的，但是四周只有风刮过干草地的声音，就像是燧石的打火声。他太阳穴上的血管突突得乱跳起来。

他们到了会议厅遗址的门口，几个人散开把门围了起来。他们踏进房子，紧贴着土坯墙根走，然后又四散开来。路边旅店出现过的那个人举起一只手示意准备好了。此时此刻，约翰·卢尔德同样伸出一只手犹犹豫豫地悬在一个炸药导火索的上空。他能感觉到手一直在抖，全身都在抖，连脖子的筋也在抖。

即便是约翰·卢尔德有了心理准备，但一切还是来得太快，以致他都僵在那里了。转瞬间墙头被一片火光淹没。青烟骤起，铺盖卷被炸成碎片，飞向半空。但是既没有哭叫，也没有喘息，一切生命的迹象都不存在。

被打烂的铺盖卷堆在那里，好像是诱饵一般，让人误认为这里有人。那几个人马上就明白自己上当了，拔腿就要跑。可也就是在这时，趁着他们还没迈开步子，约翰·卢尔德终于缓过神来。狠一用力，拉开了活塞，引爆了一颗炸弹。

第十一章

约翰·卢尔德在会议厅遗址的墙根引爆了炸弹后，炸药产生的气浪把周遭的地皮尽皆掀起。露出了雷本之前用土块掩埋的导火索和雷管。

那股气浪还把会议厅遗址的前半部分冲得四分五裂，几乎夷为平地。砖坯瓦块瞬间崩塌裂解，烟尘升起，什么也看不见。爆炸的巨响传出去很远，在山间回荡着。那几个人就像玩旧的布偶一样被抛出去很远，砖坯石块像冰雹一样降落在他们停留的那块土地上。

这时候，约翰·卢尔德举起枪来，打开保险，冲进了还在冒烟的废墟里。在他右侧,一把自动枪突然远远地向他射击。卢尔德马上掉转行动方向,蹲下身来,枪扛在肩膀上。在下落的尘埃中,有个男人跑了出来。他扶着自己的背,绝望地呼唤着自己的同伴。他蹒跚向前,靴子里不停往外冒着沙子。雷本突然从他藏着的岩石后面跑出来,撞倒了这个家伙,不由分说,又在这倒下的身体上补了两枪。那个人终于安静地趴在地上了,再也没有起来。

雷本冲向儿子,大喊道:"一个不能留,确定打死为止!"他继续跑着,穿过爆炸后的扬尘。"我带上枪,到路边去随便找个傻子让他把这些该死的马牵走。"

约翰·卢尔德走近废墟里,恍若隔世。他真的不能确定那儿是自己刚才呆过的地方。一切都面目全非。衣服和人体的烧焦气味混合在空气中,他担心这种味道会不会以某种不明的方式让他中毒。他来到最近的一具尸体旁边。只见这个人的上嘴唇以下都炸没了,只剩下一个血染的衬衫领子。他还注意到那个人的脸上挂着一条古怪的项链,突然意识到,这其实是一只脱离了眼眶的眼睛,一条长长的肌肉还连在脸上。

另一个人躺在这人的肚子上。约翰·卢尔德蹲下身去把这具尸体移开。那张被炸黑的脸冰冷阴森,他就是那个卢尔德在华瑞兹见过的人,那个女孩特丽莎的父亲。卢尔德站起身来,他盯着第三具尸体看。这个人他不认识,心里不禁充满疑问。

会议厅遗址地板上的木桩子着火了。风吹起了木头燃烧的烟灰,并伴随着滋啦滋啦的火焰声。约翰·卢尔德不得不用手挡住脸,这时他认出了另一个人,就是在路边旅馆和他说话的那个。

他背倚着一堆坍塌的砖坯和腐坏的木头房梁坐着。按说脑袋都已经给炸变形了,人早就该死了,但他竟然还有口气。

这时,从前面的马车道上传来一阵哒哒的马蹄声。没人骑的奔马突然从阴影中冲出来,马后面传出枪声和摩托车发动机的轰鸣声。雷本把马赶到一起,又大声吆喝着推来了摩托车。他说:"这最后一匹马,我可舍不得赶它跑。"

燃烧产生的大量灰烬随风飞起,带着烫人的温度落得到处都是。雷本拿起帽子在面前挥舞着,扫去面前的烟灰,走到约翰·卢尔德身旁,说道:"我们最好把藏的武器用板子盖起来,要是火星溅上去,可就……"

那个在路边旅馆遇到的人坐在那儿,盯着他们看。父亲蹲下身去。那个人在口齿不清地说着些什么,他的眼神表明这个人已经在一定程度上明白是怎么回事儿了。他手里握着个手电筒。雷本拿起手电,打开开关照向那个人的脸。黑暗中,他的脸被照得惨白,血滴滴答答地从额头上的裂口流出来。伤口中流出了一点脑浆,就像蜗牛白色的壳一样,在光亮中透出一种大理石的光泽。

“卢尔德先生,他漏油了。”

雷本站起身来。

“卢尔德先生,你的火柴。”

儿子明白过来。他既不可能杀了父亲,也不能忘掉他。他在给贪婪的狼办事,永远没个头。父亲等着儿子回答,他拿起帽子放在面前,挡住燃烧产生的灰烬和周围热浪的猛攻。

“这火啊,卢尔德先生,一个火星就能让咱们上西天。”

他看见约翰·卢尔德的脸上闪过一种表情。这大概就是灵魂瞬间的释放吧,也该释放了。这种表情并不是犹豫不决,而是一种人性中不情愿的真实反射,甚至是一种悲天悯人。这无所谓。雷本可没空理这事儿,他对每个人的厌恶都相当“平等”。他从腰带里抽出别着的枪,约翰·卢尔德却抓住他的手腕不让他开火。其实,父亲一直以自己过人的臂力为豪,他比和自己同样块头的任何男人都更有劲。然而此刻,他感到儿子紧握的手中散射出一股纯粹的力量。

“把每个人口袋里的东西都掏出来,”约翰·卢尔德说,“钱包、碎纸片。别留任何东西。把它们都交给我。还有,挂包也别落下。”

“卢尔德先生……”

儿子以同样明确的口吻又对父亲重复了一遍,父亲走开照办了,但是心有不甘。“我就不明白了,卢尔德先生,为什么不让我杀了他呢?趁着还有点时间,你快和自己的良心再打两个来回吧。”

过了一会儿,突然传来一声枪响。马群惊慌四散开来。父亲转过身来,那个男人已经被打死了,终于躺倒在地上,烧焦的灰烬吹落在他身上。雷本突然想起这个人在路边旅馆时说的那些话,脸上浮起了嘲弄的冷笑。他对儿子说:“还记得吗,在那条路上,我看见你靠在卡车边上望着远处的群山,那时候我也想来着。孩子,学得真快,‘迟早混个大官儿’。”

第十二章

火烧得差不多了，还有零星的火星从这片贫瘠的小山上冒出来。卡车又上路了。之前他们把卡车草草地收拾了一下，车上还留有刚才烟熏火燎的痕迹，如同打过一场大仗。他们甚至把那辆摩托车绑在卡车的车斗上，就像昔日载着作战截获的战利品一样。

现在的问题是如何进入墨西哥。格兰德河上的大桥里留着太多查移民的卧底和海关官员，这样威胁太大，绝对不行。如果你敢打赌，这卡车从桥下涉过浅滩，那你算是蠢到家了。这也绝对不可能。但雷本知道在埃尔帕索南边，靠近老索科罗米森(Socorro Mission)的地方有个摆渡的。近半个世纪以前，河水在那儿改了道。那里至今留有一片原来是河床的沙坝，在岸边上独自延伸着自己的轨迹。

黎明前，气温降得很低。他们在寒冷中开了好几个小时的车。一盏冒烟的油灯吊在车顶棚的架子上，离儿子的脑袋很近。父亲的帽子，口朝上地搁在座位上，里面盛着他从尸体上搜刮出来的零零碎碎，放在两人之间。空气中充溢着一股味道，这是约翰·卢尔德命令雷本搜刮尸体的随身物品，而后带上车的气味。约翰·卢尔德仔细检查着雷本搜来的每一件东西，一点一点地确认，拿起这些东西对着灯光转着看，在油灯呛人的烟里眯起眼睛，以求更清楚地认出被磨得已经模糊的墨水字迹。然后他从口袋里掏出随身带的笔记本记录下某些细节。雷本在他身边看着他干这些。他的注意力高度集中，手稳得出奇，甚至连卡车在凹凸不平的路上来回的颠簸，也一点影响不到他。

雷本感觉到自己在这几个小时里似乎是不存在似的。事实上，他也陷入了自己心中的混乱纠结当中，把既定计划置之度外。这给了他一种劣势感，让他说起话来显得含糊谨慎。他问："我说卢尔德先生啊，你干嘛在这儿又看又写的?"

卢尔德把笔记本放下，抬起了头。"我注意到，"他说，"你帽子里没有钱。"

“你又没让我从那些死人身上找钱，来肥你的腰包。”

“这么说你把那些钱留给了那些过路的小混混，给慈善事业捐款了是吧？”

“事实上，钱在我这儿。我想把这钱用做咱们路上的花销，给你买点东西。也不枉咱们一块儿走了这么远的路，留个念想呗。”

约翰·卢尔德没说话，低头又在笔记本上忙了起来。

“卢尔德先生，你还没答我的话呢。我这样做没错吧？”

“我无话可说。”

“有你这话，我就足够了。”

约翰·卢尔德又抬头看了雷本一眼，然后把铅笔别在耳后，笔记本放在膝头。他给雷本讲起了自己和那个女孩在那座破旧的大楼里共处，后来跟她到了墨西哥，接下来发生了很多奇奇怪怪的事情，直到那个早上，他在米尔斯大厦遇到雷本，又到了此刻，与他共处一车。

雷本斜靠在座位上，用拇指指尖挠了挠脸。“要是我遇到她，一定得好好谢谢她。要不是因为她，咱俩还真是不打不相识。”

“那山上的三个死人里，有个是她父亲，就是那个墨西哥人。”

这个细节就如同一颗小石子打在平静的水面上，击起阵阵涟漪,一圈圈地在雷本脑海中震荡开来。他说:“我现在明白了。”

“明白什么了?”

“要是你想和我掏心掏肺的话,那就省省吧。”

约翰·卢尔德在仔细回想那些在山上死去的人是怎么知道他和这辆卡车的。似乎一切显而易见。西米克先生和他那帮爪牙又想出一个办法来解决他们的大麻烦——他们告诉了那几个接货的人,告诉他们运货的卡车和藏在车上的那批军火都被劫走了。雷本靠在方向盘上,心烦意乱又紧张兮兮地听着卢尔德分析。那几个人一定知道了卡车肯定在卡尔斯巴德和埃尔帕索之间的某个地方,那么军火很可能隐藏在一个不易找到的地方。而这两个地方之间只有一条路连着,没有其他的路可走。试想找到一辆上面喷着字的卡车能有多简单,况且喷着的字就像生日蛋糕上的奶油一样明显……

雷本盯着面前的黑暗发愣,这黑暗阻隔了自己和他为得到豁免权而要去的地方。这时,约翰·卢尔德说:“还有些其他的事你……我们……需要想想。”

“让暴风雨来得更猛烈些吧,卢尔德先生。”

“你一点儿便宜,哦……咱们一点儿便宜都不占。他们的人还没回来,你又开着这辆车往前赶路……”

“所以这买卖才有的谈,对吧?”

“你知道我们要去华瑞兹的哪个地方，要和谁接头。这是咱们交易的一部分。好，这里没问题。但我的职责是调查和这个犯罪集团有关的所有人，查明他们的姓名和身份，或者只能弄清身份。这是我为什么让你把那些死人身上的纸片都拿来，是想了解他们交往的人，看看能不能从中找到线索。”说着，他举起手里的笔记本：“这就是我记下来的内容，也是我现在告诉你这些的理由。通过我记的这些，那些死在那座小山上的人会告诉我们一些在到达华瑞兹市以后将要发生的事。”

约翰·卢尔德说完这些，又埋头工作起来，一个字也没多说。留给雷本一个无解的现实。他从包里掏出一根烟，在变速档上把火柴划着，点上烟。他开始思考，思绪陷入了远方的未来，凭他的阅历和经验，他在冷静地谋划着下一步怎么走才好脱身。

“你上过学吗，卢尔德先生？”

约翰·卢尔德完成了笔记本上的工作，抬起头来。这个问题涉及他生命中的闪光点。他说：“我 13 岁时在火车站当加油工，20 岁时在圣菲大桥上做铁警，然后才到调查局上班。中间上过一些夜校。”

“你做的这些，仅仅只凭着一个笔记本和一些天生的直觉吧？”

“你从来没有彷徨失败过，对吗？”卢尔德问。

“我也失过手，一两次吧。”

“但你总是在那儿准备给一些人使个绊子，让人家不得好死。”

“对啊，而且还是精神饱满，面带微笑呢。”

“咱们改天再干这些吧。当务之急是谁他妈的都别对谁下黑手，使绊子。做完这事你就恢复自由了，继续去干你那卑鄙的营生吧。”

“我完全同意。”

约翰·卢尔德的目光又回到笔记本上。他收走了雷本帽子里的最后一个钱包。

“我觉得你过去误解我了。”雷本说。

“是吗？”

“我只是觉得你头脑清晰，很能干啊。”

太阳升起以前，天就热了起来。这一天会是个大热天。太阳从地平线上升起时，云朵四散得无影无踪。阳光直接照在他们前行的路上。

那个钱包是那个和约翰·卢尔德在路边旅馆说话的人的。他的名字叫詹姆斯·麦瑞尔。在钱包的侧兜里有一张小照片。照片上，他穿着制服和一些兄弟们站在停泊在海湾的军舰前面。

“这个和咱们在路边旅馆搭话的人，”约翰·卢尔德说，“以前肯定参加了西美战争，在古巴服过役。”

雷本凑过身去想看照片。他要了过来，把照片放在方向盘上看。暗褐色的照片的边角已经破损得很厉害了，照片本身退色也很严重。这是抓拍的照片，照片上的军人大笑着看着镜头，整装待发。参军从戎，济世救民。现在这已经不值得再费口舌了。反正死亡会说明一切。一切都会消失，心里给自己打的那个小算盘却是永恒，但是即便如此……

他把照片还给卢尔德。“那艘战舰是中国造的，”父亲说，“地点不是古巴，而是马尼拉港。”

他的目光又回到了前方的路上。父亲思维跨度之大，使得儿子暗自吃惊。他无论如何也想象不出人们当时参军的理由。但是他怎么能什么都知道，还反应得这么快呢？

儿子的思绪回到了那个钱包上。在钱包的另一个小口袋里，他发现那里藏着一些名片，那些名片印刷工整，而且非常新。上面的内容再清楚不过了。

他们驾车驶入了一个地方，这儿的路看来是遭到了破坏。还有一排不规则的石头，把路面分成了两半。好像这些石头都是哪个无聊的家伙随意切割出来的。儿子把那些名片在手里翻过来又倒过去地摆弄。

“这儿有些东西不太对头啊。”

雷本看了一眼约翰·卢尔德，儿子就把手里的名片递了过

去。父亲把名片拿在手里,看见上面写着:

詹姆斯·麦瑞尔

标准石油公司

墨西哥

第十三章

索科罗米森就在埃尔卡米诺山径*（El Camino de Tierra Adentro）旁，恰好位于格兰德河的一片浅滩的东南方，渡船可以通过。教堂建在一片沙土的斜坡上，结构简约。前门上方是一堵呈台阶状的矮护墙，钟楼就坐落在上面。

卡车开到教堂那儿已经接近黄昏。他们爬上教堂中殿侧面的泥砖墙，因为从那儿可以看见渡口。教堂里静悄悄的，几

* El Camino de Tierra Adentro（英语称为“The Royal Road of the Interior Land”，皇家内地之路）。从美国的圣胡安一直向南延伸到墨西哥首都墨西哥城，全长 1600 英里。2010 年被列为世界自然遗产。——译者注

只鸟儿落在钟楼和钟楼上十字架的顶端。这里除了沿着砖坯墙栽种的一排常绿灌木外，再没什么东西遮阳了。两个人就在令人窒息的酷热中歇脚，研究着过河的办法。

渡船停在德克萨斯州这一边。河的两岸分别有一个海关检查站。在河的这一边，检查站在绿树掩映下。而河对岸的海关则光秃秃的什么也没有，好像上帝手下未完成的村庄。即便这样，那儿的风景依然如画。

“开车跟着我，”雷本说，“我得先去河里‘试试水’。看看我们要对付多少难题。”

约翰·卢尔德走向卡车，拿下腋下的手枪套，连着手枪一起扔在了驾驶室的座椅上。这活儿他也帮不上忙，只能眼睁睁地看着雷本忙活。从汽车发动的那一刻起，孤独就无时无刻不伴随左右。他感觉到好像来自另一个世界的声音在与他交谈。

教堂旁边有个抽水泵，水泵上有个锅炉，被焊开了一半，倒在地上，现在显然是被人当水槽用了。他脱掉背心和衬衫，刮起脸来。这时，他突然想起脖子上还缠着一个母亲留给他的十字架，十字架的横梁坏了，但一直没有离过身。意识到这可能会泄露自己的身份，他赶快摘下来，把它藏进钱包里。

约翰·卢尔德走近阴凉安静的教堂等待着雷本。这个任务相关的一些事吸引了他。教堂的内部如同铸就它的那份信仰一样简约。这是他母亲和她的同伴的信仰,关于牺牲、怜悯和宽恕。

钉在十字架上的耶稣像高高地悬挂着,就在布道坛旁边。在一排排靠背长椅前方,还有一个基座,上面供奉着圣母怀抱圣婴的雕像。他就坐在那个基座上,把帽子放在身边。暮色透过窗户投向地板。他仔细看着圣母玛利亚的脸,带有欧洲人特征的苍白皮肤,掩映着她饱含深意的凝视,她的目光似乎在诠释什么叫圣洁的宁静与和平。这种氛围萦绕着这里……

"祈祷呢?"

毫无防备地遭突然袭击,约翰·卢尔德迅速回过神来。雷本已经悄悄走进了教堂,没有发出一点声响。他走到约翰·卢尔德坐的那排椅子旁,坐在了另一头。他看了一眼圣母怀抱圣婴的雕像说:"如果你向她祈祷,我劝你省省吧。她为自己的儿子屁事儿都没做过,更别说为你了。"说着,他那双污浊丑恶的眼睛扫过十字架。

约翰·卢尔德对此无话可说。他拿起帽子,站起身来要离开。雷本示意他坐下。"无论如何,天黑之前什么事都不会发生。"

儿子坐了下来。

父亲似乎心里有什么事。"你在圣菲大桥当铁警的时候,一定也在河边码头办过案子吧。"

“是啊。”

“你肯定见过一些从埃尔帕索那边过来的人吧。”

“对啊。”

“你有墨西哥血统。”

“你的意思是,我的口音中有墨西哥味吧。”

“我在说家庭这类的事。知道吗,就是家里的那些事。”

“家庭这类的事……哦,这样啊。”

雷本又坐了一会儿,整理了一下随身物品。

“你问这个干嘛?”约翰·卢尔德说。

雷本的脸色立刻变了。

“算了,下次再说吧。”

他站起身来。

“我们只有明天一天的时间在一起了吧。”约翰·卢尔德说。

“对啊。咱们就等着看事情怎么发展吧。为了我们各自的好处。”

他看到的事会不会已经成为无法言说的遗憾,或是无法化解的伤痛?还有,如果事情真是这样,那么他到底看见了什么呢?雷本走出去时,约翰·卢尔德问:“你怎么知道这个地方的?”

父亲以一种儿子终身难忘的姿态转过身来,幽幽地说:“卢尔德先生，我就在这里结的婚。”说完，他戴上帽子，走到门口。“继续你那些神秘兮兮的祈祷吧，卢尔德先生，我抢光捐赠箱里的钱……就在外面等你。”

河流在黑暗里静静流淌。渡船边只有星星点点的亮光。音乐徐徐从布拉沃河(Rio Bravo)那边的海关小站飘过来。雷本把铺盖卷摊开在驾驶室的座位上，约翰·卢尔德也凑上来和他一起休息。

“我们怎么过河呢?”约翰·卢尔德问。

雷本从铺盖卷里抽出一瓶威士忌和一个酒壶。“我们……我去找乐子了。等天亮渡船可以走的时候，我在对岸以灯光为信号。”

说着，他把那瓶威士忌夹在腋下，吹着口哨走了，轻松得就好像在周五晚上的野营一样。

儿子看见渡船从土坯墙那边登陆，还冒着烟。通过望远镜，他看见雷本乘着渡船接近了布拉沃河那边的海关小站。有几个人，一共3个吧，在小船触岸时跑到了海关门口的灯光下。雷本开始和他们说话，用手臂指指点点的，先是指着一个方向，后来是另一个方向。但总是那只夹着威士忌的胳膊在动。他的动作非常丰富，简直可以编成一个故事了。起初那些人用眼睛审视着他，但是很快，雷本就融入了他们的圈子，和他们一起鬼混去了。

约翰·卢尔德不时地回望着身后那座教堂。此刻,他终于明白在记忆纹理的某个角落,今天的故事绝非偶然。

一点亮光在河岸闪现。父亲提着一盏灯,用帽子在灯前面摆动,这样,灯光就变得时明时暗了。美国这边的海关小站里,有一个人正在从窗户向外张望。卡车缓缓地开上了渡船。渡船在卡车的重压之下不停地摇晃,水花猛烈地拍击着船舷,看似有些危险。解开拖绳的过程缓慢而又困难,约翰·卢尔德警惕地四下张望着,他知道自己正在逾越美国法律的底线。

卡车终于安全到达,开下渡船。雷本兴奋得蹦上船舷与地面间搭起的踏板。"现在,我们离上帝如此远,离美国如此近,"他说,"让我们的行动从这里开始吧。"

约翰·卢尔德给车加满油。他们挂上低档,慢慢滑过脆弱的河岸,经过砖坯盖起来的海关边境站。四周出奇的寂静,这让约翰·卢尔德的神经马上紧绷起来。

附近看不见一个人,边境站的门虚掩着。他想悄悄潜入屋内。

"没有必要把自己牵扯进来,卢尔德先生。"雷本轻轻说。

父亲的声音中隐约透着一丝恐惧感。直到车开到大路上,远离了海关小站,他才注意到在小站门口微弱的光线下,一把椅子翻倒在地上。约翰·卢尔德心中一下就没了底,甚至失去了往日良好的判断力,他必须要弄明白到底发生了什么。

他停下车,跳下驾驶室。向河边的海关小站走去。

“反正我是不会去的。”父亲说。

第十四章

房间里一片惨状，死亡的气息氤氲在屋子的每个角落。微弱的烛光把四周笼罩在黑影里。尸体横七竖八地倒在地上，扭曲得如同受难的雕塑。一具尸体弓着身子趴在地板上，另一具的脑袋枕在床沿上，因极度恐惧，他的脸已经扭曲变形了，白沫堆在嘴角。苍蝇已在这些尸体上飞来飞去。约翰·卢尔德走出房门，这时，夜色已经全部褪去，天亮了。他走向卡车，雷本坐在方向盘后面，发动机空转着。

“我们走吗?”雷本问道。

“等一下，我忽略了一件事情。你不过只是个普通杀人犯。”

“不是吧，卢尔德先生。咱们可得说道说道。我可是天底下最了不起的杀手了。”

约翰·卢尔德回首望着河对岸。

雷本又重复了一遍：“我们离上帝如此远，离美国如此近。”

约翰·卢尔德闭上了眼睛。

“你在想什么，年轻人？你以为我们要想通过那里就像买床单和枕头一样简单吗？就给他们点儿酒，一点儿钞票？这些哥们可能就像大街上的灰尘一样微不足道，或者像块不会说话的砖头，人家是干什么的，你运的那点儿东西他们能没数？”

“所以你就杀人了……”

“这你就错了。”

儿子转头看着父亲。

“不，不，不。怎么是我呢？明明是我们杀了这三个人。”

约翰·卢尔德眯起了眼睛。

“我们把这辆卡车弄进墨西哥。我们在卡车上装满军火，要运到华瑞兹市去。我们是一起的。”

“我明白。”

“你真的明白吗，卢尔德先生？我这么做有我的考虑。只是预防万一罢了。一旦我们穿过那条河，把你以前一手经营的一切抛在脑后，那你就变成了我的帮手，同样，我也就成了你的帮手。但是那三个人,”他用帽子指了指身后的房子,说,“一旦扣了我们的东西,拒了我们的签证。那我们就真挂了。”

约翰·卢尔德把帽子向后推,倚着座位说:“挂了,我不会忘了这个,不会……不会的。”

“打算和我混了?让我来提醒你点事儿。我的律师布尔和你们头儿诺克斯检察官谈释放我出来赎罪这件事儿的时候,用了一个个词儿。那个词儿还挺复杂的,叫什么实际……”

“……战略的实际应用。”

“就是你说的这个。海关里那些街痞的下场,就是我们战略的实际应用。”

“你总是有理。”

“那当然。这是拖你下水的一招。我可不觉得你们那个诺克斯检察官想看见他自己审理的犯人因为调查局签署的一个命令,就在国外被指控谋杀。这对我来说似乎不是……战略的实际应用。”

他脸上有一份见不得人的成就在冷酷中摇曳闪烁。

“你是怎么来的?是人生的吗?”约翰·卢尔德问。

“我的出生和该隐、亚伯*的情况差不多。而且我还受洗成

---

* 亚伯、该隐,亚当的儿子。后来亚伯因神喜欢该隐献上的供物,而心生嫉妒,将其杀害。这是人类历史上的第一桩谋杀案。——译者注

了真正的美国人。”雷本回答。

华瑞兹市的灯光已经在远方的平原上闪烁了。他们顺着路上的车辙向前开去。路上闪着星星点点的营火，形形色色的劳工聚在一起，挥舞着武器要闹革命。军队正在集结，士兵的数量在猛增。一只暴动的大军出现在暮色中，他们嗓音狂野苦涩，他们在等待暴风雨的来临。

“卢尔德先生，如果他们知道我们车后面运的是什么……那这对你来说可是个坏消息。我们就会像两口子一样被埋在同一个没名字的坟里，那样一来，我们就永远在一起了。”

过了河以后，他们在车上一路无话，直到这个时候。约翰·卢尔德终于开口说话了，“我现在想知道你要去见谁，去哪里见？”

雷本思忖着。“嗨，反正明天你就会重新睡在自己的床上，可能还会在米尔斯大厦的大厅里那家摩登咖啡馆喝咖啡呢。”

“别来这套，我就是想知道。”

这时，突然响起了枪声和脚步声。约翰·卢尔德迅速反应过来，手马上摸到腋下的手枪套。雷本把紧方向盘。人们冲了过来，从卡车旁边经过，跑向路边展开的一场战斗中。

儿子把注意力又放在了父亲身上，父亲还是一直没把目光从路上移开，甚至连一会儿也没有。“快说啊，去见谁？去哪儿见?”儿子催促道。

“这是在考验我的意志吗?”

“如果你想接受考验的话,那就是吧。”

“你难道没听说过这样一个谣言吗? 说‘有些事情只要想一想就能带来厄运’。你不是那种人,不会那么干的。”

“我的工作就是把一切调查清楚。”

“我的工作也是。”

“但我是被派到这里来的。我有知情权。”

雷本没有答话。约翰·卢尔德只能在他旁边等了又等。过了一会儿,仿佛是反复思忖过后,父亲终于说:“是去进步联盟。从海关一直往上走,在九月十六日*大街 。西米克让我去找一个叫海西特(Hecht)的人。”

约翰·卢尔德把雷本说的都记在笔记本上。他正写着的时候,从一个点着火把的营地跑出一个穿得破破烂烂的男孩,他把帽子举到车边来乞讨钱财。父亲一边把手伸进口袋,一边问儿子:“路边旅馆见的那个人叫什么名?”

儿子扫了一眼他的笔记说:“詹姆斯·麦瑞尔(Merrill)。”

父亲扔给那个男孩一张揉皱的钱币,用西班牙语告诉他说:“这是詹姆斯·麦瑞尔先生给你的。”

---

* 9月16日是墨西哥独立日,故此命名大街。——译者注

那个男孩拿了钱,摇着帽子表示谢意。

“见那个叫海西特的家伙以前,”约翰·卢尔德说,“我们得想办法保护好这辆卡车。”

“我们?”

“你不是一直这么说嘛——那我也这么说吧。我怎么做——你就怎么做。”

“记住了,卢尔德先生。我带你去一个地方,你肯定会觉得不虚此行的。”

他们沿着河岸开着车,途中经过了一栋栋炊烟袅袅的房屋和一个个空旷的院子。星光下,洗好的衣服晾在一条条绳子上。空气里充溢着油锅里冒出的饭香味。不知在哪座房子里,母亲正在哄着哭闹的孩子;不知从哪个角落,传出了音乐声和笑声。静静流淌的河流就像一面镜子,他们可以通过这面镜子,看到这个地方的生活情境。曾几何时,他们和一个女人在这里共同生活过。一个喊这个女人“老婆”,另一个称她为“妈妈”。时光流逝,沧海桑田,此刻,他们虽近在咫尺,却因为生活的裂痕而不曾相认。

在那条悠长而肮脏的街道尽头,是工厂区。卡车停在了一栋低矮的土褐色建筑面前。房顶上有一排锈迹斑斑的大字:RODRIGUEZ FUNERARIA。

这是一座殡仪馆。

约翰·卢尔德问:“看来你是打算客客气气地告诉我点什么了,对吗?”

在灰暗的暮色中,雷本笑了笑,一言不发地跳下车来。

这儿的门开着,里面过去是个门廊。厚重的窗帘沿墙挂在扎眼的杆上。深红色的窗帘布被虫蛀得斑斑点点,还有一股酸味。房间除了一张桌子外,空无一物。桌上躺着个和衣而睡的人,他的手交叉在脑后当枕头用。房间的门廊上挂着块黑布,布后奇异地传来钢琴奏出的舞曲。

雷本把那个睡觉的男人从桌子上拽起来,对他用西班牙语嘀嘀咕咕了一番。大意就是他是个不长屌的懒蛋,最好他奶奶的好好听吆喝,去告诉麦克马努斯(McManus),雷本大爷来了。

那个男人塌肩驼背地走开了,嘴里呜呜噜噜地不知道说着些什么。父亲让儿子跟着他,穿过垂着黑布的内门。放下黑油布,约翰·卢尔德发现自己来到了那个房间的后面。以前这里是遗体告别厅,现在改成了放电影的剧院。

人们坐在被马马虎虎钉在一起的长椅上,一个年老的墨西哥人摆弄着放映机。他穿着一套极其过时的西装,站得笔直,样子就好像刚和哥伦布环球旅行回来似的,完全是15世纪的感觉。投影机沙沙作响,透出的光束弥漫在呛人的烟雾中。屏幕上快速闪过几个忽明忽暗的字:

布朗乔·比利·安德森*

拦路强盗。

父亲和儿子留在门口等着。看电影的人们在墙上投下了自己的影子。他们很可能会一点或者一点也不会英语,所以很难理解屏幕上的台词,但这根本没关系。当拦路强盗大声喝止公共马车,抢劫钱箱的时候,观众中不乏狂热分子,他们情绪陡然高涨。他们发狂地欢呼着,尖叫着革命万岁和迪亚兹下台的口号,并向房顶鸣枪。房顶上大量的石膏片和灰尘如雨点一般落得到处都是,空气中弥漫着火药燃烧的烟雾和呛人的气味。

儿子的目光落在父亲身上。带着波纹的灯光打在父亲面前,雷本在专心地盯着屏幕看。屏幕上,一队匪徒正整装待发要去打劫。当看到一个匪徒在贪欲的指使下把另一个匪徒打倒,骑马带着不义之财扬长而去时,父亲的眼睛闪闪发光,嘴半张着,嘴唇早就向耳后咧开了,笑得很是开心。

雷本凑到约翰·卢尔德跟前,用手捂着嘴悄悄地告诉他说:"我喜欢这种五分钱的娱乐项目。还是个孩子的时候,我就希望能摆弄这个了。这是个精彩的世界,能告诉你很多东西。只有一样东西他们不能形象地表现。我的意思是电影不能表

* Broncho Billy Anderson,电影业先驱,1903 年拍摄了历史上第一部有情节的电影,即《火车大劫案》。——译者注

现的东西。你知道是什么吗?”

儿子一无所知。父亲把手掌弯曲,合在一起,好像在捧着一个易碎的宝物。“是垂死的状态,”他说,“电影是演不出来的。当一个人知道他存在的所有痕迹即将被抹掉,那份恐惧、那份知道自己活不了多久的绝望,是演不出来的。所以啊,只有一件事是最重要的,那就是自己的小命,得先活着。”

第十五章

麦克马努斯如一阵风似地穿门而出，口中吐出一大串的衷心问候，送给他的朋友。他把雷本拽进自己房内，他们又是拥抱，又是互相开骂，拿对方寻开心。

麦克马努斯是个大块头，身材高大笨重，脸上长着一个大肉头鼻子，下巴非常窄小，仅为正常人的四分之一那么大。他还少一只胳膊，左边的那只。肘部以下戴着一只腕部做成椭圆形的木头臂，连着一只可以拆下来的木头手。五指以一种古怪的方式向四周张着，好像他一直处在惊讶中一样。而且那条假肢对他的块头来说尺寸有点小，至少比另一只真正的手臂短了

6 英寸。他就用这只假肢连着的假手指着约翰·卢尔德问:“这是谁?”

“这是……卢尔德先生。”雷本回答。

“呵,这样啊。那些人里面的一个倒霉蛋喽,嘿嘿。你是不是在马尼拉当过兵啊,卢尔德先生?是不是就这么认识了这个混蛋,和他一起混的?”

“看看清楚,你这个没脑子的傻蛋。他还是个孩子呢。”

“13 岁的男孩就能上战场了,操他妈。”

“卢尔德先生,如果你不介意的话,”雷本说,“还是在卡车里等我吧。”

约翰·卢尔德一离开,两个男人高谈阔论的大嗓门马上就低了下来。

“你什么时候开始办幼儿园了?”

“自从我开始……和一个以前当铁警的一起工作……为了一个特殊的使命。”

麦克马努斯猛地把大拇指向外戳去:“就那怂包?”

“就是他。”

“他看起来就是个萤火虫,还想让人把他当闪电呢。如果他不是这怂样,我还信点儿。”

“嘿,听着,老兄。我搞了辆车停在外面。明早之前需要停在你的仓库里。有你这份好意,肯定给你捞一笔。”

“那个萤火虫给我钱?”

约翰·卢尔德等在车里。黑暗中,小山上死的那几个人,还有河岸上海关检查站里死的人,又浮现在他眼前。他们死时候的样子,永恒定格在那里。此刻,有感于自己本身的罪恶,他在想上帝是否把人类视为俗套软弱的皮囊?然而,那个高于一切的唯一原则统领着他的思想和灵魂——为达目的,就要执行“战略的实际应用”。这时,门开了。那两个人都出来了。

“你可以自由自在地和我的朋友呆在这儿,”雷本说,“我已经告诉他你以前是个铁警,而且……我们在忙于一个特殊的使命。并且,咱们用他的仓库会付钱的。”

雷本跨进驾驶室,坐在座位上,又补充道:“你就在这里等着吧,卢尔德先生。我先去把车停下。”

夜深了,气温降了下来。约翰·卢尔德从车后面扯出一件旧的皮外套。雷本把车开走,就留下他和麦克马努斯在一起。他们一起站在门口的黑影里,看着卡车慢慢地拐过弯去。约翰·卢尔德望着麦克马努斯。麦克马努斯对着这个年轻人笑了笑,但不是发自内心的微笑。

“这么说,你当过兵,打过仗。”约翰·卢尔德说。

“在德克萨斯州的一个军营,和雷本一起,去过马尼拉。”

“我不太了解这些。”

“人们说最好的士兵都是私生子。”

“他们的意思可能是私生子也有资格当兵吧。”

这让麦克马努斯发自内心地笑了起来。“他得了两枚奖章,尽管他甚至一点儿都不他妈的爱国。”

雷本为国卖命的念头引发了他一系列的思考。“你认识一个叫麦瑞尔的男人吗?他也在马尼拉当过兵。现在在墨西哥标准石油工作。”

“不认识。”

约翰·卢尔德伸手去拿他背心上的口袋。麦克马努斯看着那个笔记本,评价道:“我养成了不记名字的习惯。”

约翰·卢尔德明白了,说道:“你甚至连自己的名字都不记吧。”

麦克马努斯答道:“算你小子说对了。”

然而,约翰·卢尔德怀疑他此刻并没有说实话。那张照片和那些名片都藏在笔记本里。卢尔德把那张已经老化的照片递给麦克马努斯看,麦克马努斯把它放在木头手掌上。拿近一瞥,他说:“我不认识这个人。”

“你对进步联盟熟悉吗?”

儿子与父亲穿过阴暗肮脏的街道。街上,乞丐们站在门口等着要钱;路边的酒吧摇摇欲坠,都快塌了;流浪的小孩们就蜷缩在路边的破箱子里取暖;他们以前的家,周围环境也是这样。雷本望着那些路边的野孩子,他们也用空洞的目光盯着他看。他们最终到达约定的目的地时,一队骑兵骑着马慢慢从他们身边走过,目光警惕地扫视着四周。

墨西哥午夜的巡逻队又是一景,看了就会让人做噩梦的。雷本掏出烟来点上了一根。

巡逻队经过的时候,约翰·卢尔德手里仍然拿着那张旧照片,用它轻轻敲着腋下的手枪套。他在心里把手头掌握的情况细节做了一下判断推理,试着提取出计划中他所知道的部分,以求完成他的使命。

约翰·卢尔德说:“麦克马努斯说你以前当过兵。”

“对啊。”雷本答道。

“他说你在德州营里待过。”

“没错。”

“驻扎在福特布里斯还是圣安东尼奥?”

“福特布里斯。”

雷本心事重重。他把烟使劲从鼻孔喷出来。他希望今晚快快过去,想让卢尔德先生赶快从他生活里滚蛋,他渴望自由。

“你在埃尔帕索呆了很多年吧?”约翰·卢尔德继续问。

“问这些是什么意思啊?”雷本反问道。

“你在教堂里问我那个地方的事,我确实在那儿认识一些人。我只是想知道……"

"哦。"问题直入真相中最可怜的那部分,他今晚真的不想谈这些。今晚重要的是活命,让突然窜出的记忆幽灵去死吧——只限于现在。"军队人还不多,"他说,"我们暂时还回不去美国。战争太讨厌了。如果你好这口,那打仗可能还是个享受的事儿呢。"

"你得的那些奖章是为的什么?"约翰·卢尔德问。

雷本把烟扔在地上说:"杀人呗,当然是为了这个。"

阿杜阿娜维佳(VIEJA ADUANA)是座整条街长的大楼,主入口的上方有个钟楼。表面的窗户都是帕拉迪奥式*的,楼内的灯光把海关大楼照得灯火通明,就像着了火一样亮。父亲和儿子看见大厅里挤满了人,多得大厅都盛不下了,直涌到了大街上。门口是海关警卫在站岗。大部分人,无论是本国人还是外国人,都是做生意人的模样,穿着得体,没有带枪。但是也有一些外形粗犷,不拘小节的汉子。"纯爷们",西班牙人喜欢这么称呼这种人。

在门口处,约翰·卢尔德注意到很多人在叽叽喳喳地说着

---

* 这种窗户是意大利设计师帕拉迪奥设计的。主要是一个有圆拱的窗子在中间,没有圆拱的两个在两边。——译者注

什么,因为惊慌,他们的脸涨得通红。从他们的交谈中,他了解到有报道称马德罗*将要宣布他是临时总统,并要颁发一个法令推翻现政府。马德罗就是以前那个正式当选的总统,却被迪亚兹逮捕,现在潜逃在美国。据谣言称,反叛的军队已经组建完毕,一路向西去往索诺拉省,一路向南去往奇瓦瓦。在路上就能看见一伙伙扛着长枪短炮的青年骑着马朝传说中军队行进的方向奔驰。但这消息怎么听都更像是谣言。有一件事还算确定,华瑞兹市将被包围。而且战火还将蔓延到美国边境,因为美国就是世界。美国伙同英国,几乎攫取了墨西哥石油和煤矿带来的所有财富。

雷本继续穿过人群,而约翰·卢尔德止步于海关大楼的门口。在圆顶的大厅里,接待台和桌子都按照职能分门别类摆在一起,这样人们很容易找到办理通关的地方。还有人向过往人群分发小册子与传单。在一个临时搭建的舞台上,人们轮流登台演讲,没轮到说话的就等在那里。有些人语罢引来阵阵喝

---

* 全名弗朗西斯科·马德罗,1910~1911 年墨西哥革命的主要领导者。因其主张自由选举、恢复民主、保护民族工业而遭独裁者迪亚兹逮捕。1910 年 10 月,他越狱并潜逃至美墨边境美国一侧,一度依靠一个同情他的铁路工人藏身于货车厢中,后辗转逃往德克萨斯州的圣安东尼奥。在那里他发表了著名的圣路易斯波多西计划,号召农民起义。文中的传单即此宣言。同年 5 月农民军推翻了迪亚兹的独裁统治。但马德罗上台后立即食言,解散农民游击队,积极维护迪亚兹时期的官僚秩序。遭到保守派和革命派的两面夹击。1913 年他被亲美的军队总参谋长逮捕,入狱后旋即遭刺。——译者注

彩,有些则招致骂声一片。这场唇枪舌战并无入场的门槛,全凭个人兴趣,倒自成一景。

雷本意识到约翰·卢尔德没和他在一起,就返回海关入口卢尔德站的地方找他。“知道现在你拥有什么吗,卢尔德先生……‘战略的实际应用’。”

海关里面,每个席位后面都高悬着一面写有组织或协会名称的旗帜。其中一面上就印着:进步联盟。

“卢尔德先生,这个国家马上要打仗了。所以咱们赶快办完事离开这儿吧。”

约翰·卢尔德很清楚地听到了父亲的话,但此时他的思绪就像地球自转一样停不下来。因为手头已经掌握了一些确凿的线索,他希望能够给出一个结论——一卡车军火,要如何穿过层层阴谋,才直接闹出震惊世界的大动静。

“卢尔德先生?”

儿子凝视着海关大楼说:“这就是我们要去的地方。”

父亲抓住他的胳膊问:“想什么呢?”

“我自有理由。”

第十六章

雷本面无表情地跟着他。海关里的空气中浸满了呛人的烟味和恶心的汗臭。约翰·卢尔德走在前面，周围尽是些商海沉浮的高谈阔论。他们不知不觉地慢慢接近了进步联盟的席位。

几个商人模样的家伙围在桌子旁边。他们向来往的行人发放自己印制的传单。其中一个绅士，毫无表情，抱着双手，从始至终一言不发。

“作为美国领事馆的工作人员，我必须就一个最近被经常提及的问题做出回答。那就是，如果爆发革命，诚然，以现在来看,那是很难避免的,对于此地的稳定,我们美国政府能做些什么?当然,绝不是外交层面上的,你们的意思都是军事干涉。现在我知道,我要说的,你们肯定不愿听,但是我已经向海西特先生明确地表达过此事了。”

领事看了看帮忙发放传单的两个人,点点头,向他们表示感谢。这位海西特的同胞、卡车的货主,年岁已经不小了,而且背驼得厉害。但是疲惫松弛的面颊上却镶嵌着一双目光犀利的眼睛。

雷本小声嘀咕,“老头子看着比木乃伊好不到哪去了。”

“美国现在不会,也从来不应该插手他国的政权更迭,”领事继续说,“这也将同样被美军的行动所印证。这份冷静与克制是难能可贵的。每个国家的人民,终究要为自己的国家负责。但是我同样在此警告你们,纵然我们此刻克制,但任何时候对美国利益的任何伤害,都将招致超乎你们想象的报复。”

激动的人们不安起来,争相发问。但是领事摆了摆手,示意他的话还没有完。

“请仔细思考一下,军事干涉的具体含义。这将引起一个地区人民什么样的反应?茫茫油田付之一炬,基础设施损毁殆尽,管线通道尽皆报废,精炼工厂化为灰烬。这笔经济账你们可曾算过?解决之道还在于协商谈判,而非……”

这次打断领事的是一声枪响。人群立马混乱起来,在拥挤的舞台旁团团乱转。一个魁梧的男人站在乐池前方的指挥台后面,手里握着那只还冒着烟的左轮手枪。一看就知道是墨西哥人,面庞方方正正,棱角分明,肌肉遒劲。一股乡下地主的腔调却又不失优雅,他用西班牙语高喊着:

“我一路从南方赶来。我听了又听,想了又想。现在我忍不住要说一句。你们只想着口袋。可悲啊。但你们想没想过左右口袋之间是什么?”一只手拿着枪,另一只手掏了掏自己的胯下。顿时笑声和掌声迭起,他又挥了挥手里的左轮手枪。

“左右口袋之间,你们还知道些什么?”此刻,他虔诚而严肃地把手放在了胸口。“还有这个。”他又指了指脑袋。“孰是孰非?我们的人民,平均寿命只有三十出头。大部分人居无定所。就是因为你们这些人,只想着口袋里的钱!人在做,天在看。我一路从南方过来,就是要告诉你们,不是有仇不报,而是时候未到!”

一队海关保安从人群中挤了出来。他们紧紧靠在一起,用步枪撬开了一条路。明晃晃的刺刀整齐而扎眼,但舞台上的他还在对着人群呐喊:“我还没说完……在被这群恶狼带走之前,我还有一件事要讲。”

他的胳膊一挥,指向那群保安。雷本使劲拉着约翰·卢尔德,不然他就要被人群和保安的刺刀卷走。此时,正是环绕在舞台旁边最里圈的那群商人反抗了起来。他们拒绝为保安让开道路。平日里他们是吃拿卡要、坑蒙拐骗的代名词，此时面前这个热血勇士却唤起了他们内心的一份气节，哪怕是暂时的，哪怕就只有几分钟的功效。

“这才是上帝最大的恩赐，”他指了指自己的头，“有了它，你才知道孰对孰错。”他又把手放回了胸口，“这也是上帝莫大的恩典，有了它，你才懂得是非曲直，”他把手再次放回胯下，“上帝也赐给了你们这个！有了它，你才是他妈的一个爷们儿，去惩恶扬善。这才是上帝留你在地上的用处。不是让你整天把脑子放在钱袋儿里！”

“钱袋儿”二字的话音未落，保安强行冲开最后的人墙，冲上台去。他的手枪已经收回了腰带里，没有反抗，就被架出了门外。这条通路很快又被人群所掩盖。呐喊的回音还在大厅的穹顶间飘荡，人们却恢复了平静，好像刚才什么也没发生一般。

约翰·卢尔德弯下腰，捡起几张散落在地面上的传单。上面写着一个基金会的请愿书，要求美国政府集结部队，准备可能到来的战争。

刚站起身来，雷本就开口了，“这就缺一样儿东西了，你猜是什么……一块儿墓碑，卢尔德先生，一块儿墓碑啊。”

“跟我来。”

“笑话讲得太严肃了？”

约翰·卢尔德沿着大厅远端的墙根,把雷本领到一处僻静的角落。今晚到现在他所能断定的唯一一件事就是,他们误打误撞,发现了一个组织森严、态度明确的帮派,而他们所信奉的显然就是"安全第一,正义第二"。

他掏出了他的笔记本。

"你记下了我的话吗,卢尔德先生?当然,这是留给儿孙们的话了。"

他递给雷本一张麦瑞尔的名片还有一支铅笔。"写安东尼·海西特…进步联盟……还有地址。"

他转过身去,这样父亲可以垫在他的背上写。雷本把名片放好,按照他说的一字一句开始写。但他依然好奇,"写这干嘛?这都是些什么狗屁东西。送货的那个地址我认得。"

约翰·卢尔德转过身。"计划有变。咱们不去送卡车了。"

"你脑子里又想什么呢?"

儿子朝父亲背后指了指,他转过身去。海关大楼的墙上装饰着美丽的壁画。而他们俩站的地方上面,正画着基督站在墨西哥的沙漠中,两位天使伴随左右。

"我以为你一点幽默都不懂呢。行,随你吧,卢尔德先生。"

第十七章

安东尼·海西特完全不认得这个胡子拉碴的土包子，耷拉着两根手指像夹雪茄一样夹着名片，他刚才甚至还直接喊了自己的名字。到了跟前，他倒一言不发。

海西特看了看那张名片。背后潦草地写着几个字。他刚和领事见过面，然后轻声问道："你是？"

"雷本，海西特先生。"

"这是给我的？"

"两天前在埃尔帕索郊外，我见过了麦瑞尔。他跟我说在那儿要介绍咱俩认识。而且还说有一个活儿得和他一块儿干。"

“哪儿？两天前？”

“福特布里斯附近的一间旅馆。他，还有其他好几个人都在。”

老人用指尖蹭了蹭他干燥的下嘴唇。在那双锐利又老辣的眼睛中，透出的不知道是忧虑还是疑惑。“你是怎么认识詹姆斯的？”

雷本大笑起来。“你看过那张他拿着钱包的照片？在马尼拉港。他和他的手下。想想最右头那个。当然，那会儿很年轻。”他眨了眨眼，“胡子也不少。”

他能看出老人开始上套了。“麦瑞尔回来了？”他问。

“没有。”

“哦，”雷本失望地答应了一声，然后又带着一点点担忧的语气，“我以为他会回来。”

“我也以为他能回来。”

儿子从街上盯着这两个人。好一对怪人凑一块儿了，但是很快又分开了。两个家伙真是一对兄弟。他们在前面又说了一会儿话，其中低沉而严肃的那个声音说了很多，是雷本。这个狗娘养的什么都说，还拿出腰上的手枪来给他看，老头看上去倒是颇为领情。

那男孩儿没花什么工夫就找到了安东尼·海西特。他和其他一帮男孩一样，在海关混了也有些年头儿了。来回招呼马车，挣点小费；在酒吧间的烟草商之间来回穿梭，拿着几个小钱，换两瓶啤讨几杯白的。

“先生，给您的。”他掏出一张纸。那是一张进步联盟的传单，对折着。

老人读着，雷本在一旁看着。鱼已上钩，咬得死死的。海西特的眼睛里开始喷发出狂野的怒火。但只一眨眼，老人便立刻克制住了自己，脸上马上恢复了平静和死寂，好像一块屠宰场里的死肉。

“谁叫你送来的？”

“一个小伙子，在外面。”

海西特顺着男孩指着的方向看去，纵然踮起脚尖，目之所及也只有人行道上的一片人群，在享用着这夜晚的繁忙。“他在那儿，”男孩儿说道，“开卡车的那个？”

“不，站着呢，也在看着你呢。”

约翰·卢尔德走回了殡仪馆，四下无人，他独自等着。楼上是一间公寓。砖墙上嵌着一排排灯，巨大的影子撞到柱廊的扶手上。那是麦克马努斯。他喊了一声，叫约翰·卢尔德上楼来。

公寓里一团肮脏。炉子上拉起一条线来。一件秃毛的外套挂在上面,水滴隔三差五砸到地板上。一个破沙发安静地坐在一角。到处散落的胶片把它埋了个严实。桌子上面散着一堆啤酒瓶。麦克马努斯坐在一旁,手里正卷着好像是香烟什么的东西。

但他的本事在于,这只占用了他的一只手。五根手指如舞蹈演员般灵巧地在一张纸上跳动。“你以前问起过进步联盟的事儿还有安东尼·海西特。”他舔了舔纸边,指了指桌子上的一卷胶片。“我拿到了这卷片子,如果你觉得有用,也许就算我的一点点额外的好意。”

约翰·卢尔德启开一瓶啤酒。“那就谢了,”他喝了一口,“但回头把它交出去,可就未必是我的好意了。”

麦克马努斯抬起他的假肢,上面的手指僵硬的分着叉。“好,咱们走。”

“打仗留下的? 我说……胳膊。”

麦克马努斯点起自己卷的烟,约翰·卢尔德一闻就知道那里头是什么。麦克马努斯也给了对面的这位年轻人一根。“大麻就啤酒……别提多美了。”

“可惜雷本不在。他可好这口儿。除了那些人叽里呱啦拍手,我们在马尼拉就捞到点这个。”麦克马努斯把烟放到桌子旁。他把手伸进他脏脏的衬衫口袋里,掏出一条项链。躺在他手掌中的是一串雪白的牙齿,连着牙根,很完整。它们都属于一种用两脚行走的动物。

“我和一个稀里糊涂的酒鬼打了一场稀里糊涂的架。我太用劲儿了,他的牙都留在我的肘子骨上了。那家伙肯定有狂犬病或者什么别的他妈的病。我感染了,胳膊也就锯掉了。我随身带着它,就是提醒自个儿,别再干什么傻事儿。”

他又把烟插进嘴里,站起身来,把胶片卷好,夹在胳膊下面。“走,去看看大家都有什么好意。”

麦克马努斯在黑暗中倒好片子。一束灯光把房间里缭绕的烟雾也照得格外明亮。荧幕上,另一个世界诞生了。他突然变成了一个沿着墨西哥湾沿岸旅行的游客。从布满细沙的山脊上,油田壮丽的全景展现在眼前。片刻,镜头转向。黑烟从精炼厂区腾空而起,旁边是工人们的窝棚,货车缓缓驶进这片不毛之地。

“还有迪亚兹总统的新闻简报。整个国家尽在眼前。繁荣自由,但大多数内容还是说他的。”

他把烟卷举到鼻子前,慢慢地闻了闻那味道。“我更喜欢黑白的世界。那样子才更能看清事物的本质。你觉得呢,卢尔德先生。”

镜头再次切换。总统大人容光熠熠,穿着华丽。一群军政要员和巨商大贾,陪伴在左右。他一只手扶着军刀,面对众人,要展示他治下的花花世界。

镜头再换，没有了衣着光鲜的显贵。一群苦力正扛着粗大的油管要把一端插进岸边的游轮。人们冲着摄像机微笑，但他们一个个衣衫褴褛，面带倦容。

总统身边人头攒动，约翰·卢尔德注意到了安东尼·海西特也在人群中。那他身后那个人是谁呢？

场景再次转换，约翰·卢尔德问道："能停停吗？回放一下刚才那段，我看见一个人。"

画面停下来。屏幕一片死白。麦克马努斯卷回了一段，随后重放，约翰·卢尔德不自觉地走向前去，他的影子大大地投在墙上。"安东尼·海西特。你认识他吗？"

"光看名字……进步联盟的人。"

"后面的那个人，认识吗？"

"不认识。"

"没见过？"

"没有，谁啊？"

"詹姆斯·麦瑞尔。"

影片里，海西特靠在麦瑞尔身边，还跟他说了几句。后者则在点头。他们走过摄像机前的时候，另一个人出现在麦瑞尔身边。

单看这一点，就知道那肯定不是平常角色。面色锐利而古怪，头发花白，留着胡子。穿着一件灰色西服，事实上人还不算老。年龄大概在约翰和雷本之间。

“我认识那个和麦瑞尔在一块儿的人”麦克马努斯说。“那位白头发的同胞。”

约翰·卢尔德仔细看着那人。他走路的时候,两手背在背后。此人衣着光鲜,腰杆笔直,动作麻利。

“他以前是个德州骑警。上过大学,是在华盛顿还是在……反正就是个那样的地儿。以前当过教授。现在都管他叫斯塔林斯博士(Stallings)。”

影片结束了。胶片就像响尾蛇,从滚轮上钻过,发出嘶嘶的声响。约翰·卢尔德把自己藏在了房间一个黑暗的角落里。

“那个骑警……他现在干什么?”

“私人安保。”

麦克马努斯关掉放映机。整个房间彻底回归了一片漆黑。

有些时候,脑子里的印象只是一些简单的轮廓线,模模糊糊,断断续续。但这时,约翰·卢尔德突然一震,似乎之前的一切都能连起来了。心中不禁窃喜。毕竟以前,他也有过绞尽脑汁的时候。现在可谓踏破铁鞋无觅处,得来全不费工夫。

门廊的灯光照进来,约翰·卢尔德发现房间里不只是他和麦克马努斯两个人,被雷本胖揍了一顿的那个在桌子上睡着的小个子,此时正拿着猎枪,站在门口。他远远地贴着墙,围着两个人绕了一圈。两个黑洞洞的枪管,指向很明确。

第十八章

“哦，上帝啊，我要缴卢尔德先生的枪了。”麦克马努斯晃晃悠悠地围着约翰·卢尔德转了一圈，那只肉乎乎的大手，把他腰间的自动手枪抽出来，插进了自己的皮带。

他走到放映机旁，又吐了一个大大的烟圈儿，把大麻放到一旁。他的目光平静了许多，眨了眨眼，又开始一点一点把胶片塞回到滚轮上。

“让咱们再看一遍，不过这次你得跟我们说清楚，这些人和你有什么关系，你来这儿究竟要干什么，还有就是为什么在我的车库里有一卡车军火。”

“我建议你好好想想自己在干什么！”

“想过！哼……我现在抽着大麻，就是为了让自己能冷静下来，好好想想。因为我不够冷静……所以我跟你讲了那串牙齿的故事。还有，把你那本笔记本掏出来，搁凳子上。”

正当约翰·卢尔德把手伸进口袋，他瞟了眼麦克马努斯，他已经穿好了胶片，走到了凳子旁。摇了摇头，失望又鄙夷地瞧着约翰·卢尔德。他拿起那本笔记本，同时在背后高高地举起了他那沉重的假肢。忽地一下在约翰·卢尔德的后脑勺来了一闷棍。

约翰·卢尔德一个踉跄，栽倒在地上，嘴里吐出声声惨叫。房子和里面的一切好像霎时间都流动了起来。他使劲撑起肩膀，想要爬起来，却看见一滩血留在了肮脏的地板上。

麦克马努斯把笔记本搁在他的假手掌上，用另一只手的拇指，一页页翻起来。约翰·卢尔德够到一个凳子，勉强跪了起来。左眼角破了，鲜血顺着面颊簌簌地流下。麦克马努斯头也没回，继续一页一页往下看。伊玛纽尔（Emmanuel）在一旁端着猎枪，盯着一身狼狈的约翰·卢尔德。

“嗯，调查局啊，还真无处不在呢。”

“关你什么事！”

他用自己的好手拿起笔记本，挺了挺臃肿的胸脯。“从前，我和一个朋友在旧金山劫过一户人家。我是放风的。他撬窗户。那家那个女的,以前是弹钢琴的。这是她的胳膊,所以有点短。拇指细而且还粉嘟嘟的。”

他把笔记本塞到两个假手指之间,晃了晃。又用好手拿起一根锃亮的警棍。缠上护手的牛皮带子,他走到约翰·卢尔德跟前,拍了拍他的屁股,死死地盯着他:“雷本知道你和调查局的人一伙吗?”

约翰·卢尔德没吭声,后腰上立时就是一棍子。疼痛顺着脊椎传遍全身,脑子里又是一阵晕眩。麦克马努斯又问了一遍,约翰·卢尔德咬紧牙关,什么也没说。手起棍落,约翰·卢尔德用胳膊肘撑在凳子上。紧接着又是一下,不偏不倚,还是原处。他的嘴里都快吐出苦胆来了,神志反倒清醒了不少。

“他知道吗?”

约翰·卢尔德使劲想挺起脖子,脑袋却无力地耷拉着。

“他知道吗?”

“干嘛不直接问我?”

声音来自门口——雷本手里拿着帽子,站在那里。走廊上的灯把他的影子大大地投在房间的墙上。

“他和调查局的人是一伙的。”麦克马努斯说道。

雷本踱进房间,眼睛紧盯着伊玛纽尔和他手里的那支猎枪。没回头,他开口就对约翰·卢尔德说:“不长记性的家伙,看来你忘了我在米尔斯大楼跟你说的话了。跑出来惹事。”

儿子察觉到父亲这高八度的声调绝非平常。挣扎着扭过头，他瞅见了他藏在帽子后面的手枪。

“你知道他和调查局的人一伙吗?”

“当然知道。”

“然后你就把他带到我这儿来？拉我下水!”

“关你什么事，里头不过是有你几个钱罢了。”

“你当初就没说实话。”

“以我对你的了解，这种事儿瞒着你，才是对你好。”麦克马努斯把笔记本举了起来，狠狠地往他脸上砸去。因为是假肢，没有打中，反倒落在了儿子身边的地板上。

“你这是在给调查局当眼线!”

约翰·卢尔德够到他的笔记本。咬紧牙关，挣扎着爬到了凳子上。雷本将他一把搀了起来。

“对，让他站直了，整干净点。你个狗奴才，给奶就是娘的家伙!”

父亲看了看儿子和他身上的伤口。“对了，卢尔德先生，今晚你的运气还不赖。”

听到这话，儿子一下子迷惑了。

“你的那张便条对海西特先生可打击不小。”

约翰·卢尔德点点头，擦了擦脸上还在淌着的血。“给他们应得的那份儿。咱们走。”

“你想要点什么?”

麦克马努斯看着雷本。“瞧瞧你自己都成了什么人了!”

“对了,还给我枪。”约翰·卢尔德说。麦克马努斯没理他。只是又重复了一遍:“瞧瞧你自己。”

“开个价儿。”雷本说。麦克马努斯则喊了一声:“伊玛纽尔!”

小个子端起猎枪,上前一步,一脚踢掉挡在前面的凳子。瞄准了父子俩。

“我说过,看看你自己,都成了什么了?”“别这样,”雷本吭了一声“你都成了什么了?”

麦克马努斯开始变得狂躁不安,他急切地想知道这究竟是为什么。儿子仔细看着父亲,他观察了父亲手里的帽子,微微地抖了一下。

“咱们称兄道弟,多久了?”雷本说,“说啊。”

“好了。我来这儿的时候,是一个杀人犯。离开这儿的时候,也还是……我劝你还是开个价儿。”

“瞧瞧你自己!”

“天呐!都是为了混条活路不是?我也是为了活命,我不想再听你腆着大肚子唠唠叨叨了,干脆点,开个价儿。”

“麦克马努斯!”约翰·卢尔德喊起来,“调查局压根儿就懒得管你那点儿破事儿。”

麦克马努斯瞅着雷本，又上下打量了一番，“行，扔到茅坑里烂掉也是你自己选的。”“开个价嘛。”“这不只是活路的问题。”“行了，你个死脑筋。开个价儿。”

麦克马努斯把他那像狗熊一样的大脑袋，向一边慢慢一撇，小小的眼睛就像蒸馏器上的水滴。“行，我要你这条命。”

“嘿，老兄。”雷本说着，手上一松。帽子碰到地板之前，扳机已经抠了好几下。那个叫伊玛纽尔的小个子还没明白老板的命令，身上就爆出了几个血洞，狠狠地朝后仰倒过去。惨叫了几声，在地上抽搐着。那支猎枪横倒在地上。打碎了一只煤气灯。火花飞溅，对面墙上葬礼用的帷帘被引燃了。

雷本正要把麦克马努斯也化作枪下鬼，不想这个肥肉团儿动作飞快，一个箭步跳到面前，一把抓住他拿枪的右手。直把他一个劲儿推到墙根上。四条腿在下面互相踢踹。雷本的手则失控了一样，肆意的开火。约翰·卢尔德用胳膊锁住麦克马努斯的脖子使劲往后勒，但怎奈他太过强壮，膀子一颤，跟张纸一样，就把他甩了出去。约翰·卢尔德踉踉跄跄后退几步，撞到放映机上。滚轮还在吱吱地转，链条有节奏地响着。明亮的投影灯上布满了灰尘，在它的光晕里，雷本被死死地按进了那面砖墙。

雷本的喉咙里挤出沉重的呻吟，那声音就如同锅里沸腾的红油。一梭子子弹很快就打光了。伊玛纽尔的死尸就躺在脚前不远。猎枪歪躺在一边。雷本扭动着身子，想要把手伸下去，好够到它。约翰·卢尔德再次扑上来，两手直插麦克马努斯的腋下，甚是突然，让他一下子没站住阵脚。雷本借着这个空隙，赶忙抓住了枪管。

麦克马努斯大喊起来，就如同多年前那个战场上的斗士。他的好手依然死死地把雷本按在墙上，不容再有一丝的缝隙。假肢挥动起来，如同鞭子。现在3个人扭打在一起，疯狂地相互撕扯、踢踹着，难分你我。新闻简报还在滚动，3个人的影子和总统大人一同投在荧幕上。他们从商贾云集的宴会厅，一直打到到风光如画的东海岸。

帷帘燃烧的黑烟渐渐充满了房间。麦克马努斯不得不稍稍后退。脚下步子极重，踏在地板上蹬蹬作响。如同一辆旧货车，他想把身上这两个人卸下来，但却不能。雷本手里紧抓着猎枪的枪管，手指一点一点地向扳机挪动。

如同特洛伊遗迹上的雕像，3个人拧巴在一块儿，身后却是无边的油田和涛涛海浪，疲惫的劳工和看不见头的列车，缓缓驶向一片死寂的山岭。

帷帘化作一团火的壁画。每个人嘴里蹦出来的尽是鸟兽般的嘶喊。麦克马努斯又站稳了脚跟，把雷本按到墙上，同时把约翰·卢尔德推倒在地。约翰眼角的伤口又开始冒血。也溅到了他的脸上。

雷本终于喊出一句人话:“卢尔德先生,你就不能再使点劲儿吗?”

“我……还……再来。”

雷本低下脑袋,顶住对方的胸口,好让手够到猎枪的扳机。约翰·卢尔德再次抱住那只大熊腰,使劲向后拖。雷本终于获得了一丝空隙,把另一只手抽了出来,也够到了枪。麦克马努斯使劲按着枪管。但他并不知道雷本的手已经够到了扳机。

雷本几近筋疲力尽,“放手吧。”

麦克马努斯没有动。

“停下来吧,结束了。”

麦克马努斯张开嘴,也喘着气。

“什么结束?”

雷本又喊道:“卢尔德先生,回过头去。”约翰·卢尔德扭过脸去。

“朋友,”雷本说道,“放手吧,要么你就永远这样呆着。”

面前这张脸在火光的照射下,显得坚定而无所畏惧。充满了不屑又同时是不解。汗珠满面,他也喘着粗气。放映灯闪着光,照得他半脸明,半脸暗。

雷本扣动了扳机。

第十九章

上一秒钟，那张脸还鲜活有力，此刻便只是一张死皮，血肉模糊。肌肉发达的身躯，带着他最后的愤怒重重地摔在地上。雷本站起身来，房间里充满了帷帘燃烧产生的滚滚烟雾。他看了看自己的这位朋友。“他要早放手，何至于此。”

约翰·卢尔德喘着粗气，使劲咳嗽着，终于能站起身来。他把尸体翻过去，从他腰带里抽出自己的手枪。父子俩站着，直勾勾地盯着地板上这件太过残酷的物证。

“别的先不管，”约翰·卢尔德说道，“先把火灭了。”

约翰·卢尔德看见那架一同倒在地上的放映机。胶片早已跑光。只剩下滚轮在那儿一个劲儿地空转。

“愣什么神儿呢？快点，先把火灭了。”

约翰·卢尔德离开殡仪馆。胳膊下夹着那卷胶片。满天星斗中，静夜如斯，仿佛是只为那远方火车的汽笛而预备。雷本点起一支香烟，看了看河的对岸，走上前来，从口袋中掏出一根香蕉。“背上还漏着油*呢。”

雷本的目光顺着河岸走了一遭。河边起了薄薄的雾，和夜的漆黑融在一起。他那双手一点儿也没有变，古铜色的皮肤，遒劲的肌肉，扣动扳机依旧迅速。约翰·卢尔德看着那双手。雷本似乎有些阴郁又带着烦恼，仿佛心里被某份未知的紧张捆锁着。这是一个他在孩提时代所没有见过的雷本。当然，也许那时他还不知道雷本的这一面。

“都怪他自己，”雷本开口了，“这都是为了什么啊？”

儿子不清楚父亲这是否是自言自语。但他隐隐约约能感觉到父亲体内那只狂暴的野兽。不过，时机合适它才发作自己的怒火。

雷本指了指那卷胶片。“这又是什么宝贝？”

---

* 此处指卢尔德还在流着血。——译者注

约翰·卢尔德说了说里面的内容，并且认为这足可作为某些人和某些事有牵连的证据。雷本清了清嗓子，却哈哈大笑起来。“我猜这样下去，以后还会惊喜不断的。”说着，他从口袋里掏出儿子的铅笔和几张笔记本上的横格纸。

“我记得刚才说过，卢尔德先生。今晚你的运气还不赖。”他把纸笔递给儿子。“今晚你走运，明天我发财。”

好像是跨过了哪个门槛，父亲的精神一下子又饱满了起来，露出那几颗大牙。“明天你回去交了差，就是诺克斯检察官的红人了。而我，也终于能离水上岸。”他又加了一句，“而且不管是我心里，还是档案里，都干干净净。”

得到豁免后，就连刚才发生的一切，也都可以被忘得一干二净。现在雷本的焦点又回到了他自己。虽然自私如故，但约翰·卢尔德还是觉得这个雷本才多少正常些。

他低头瞅了瞅那张纸。父亲的字和狗爬的一样。他看见几个名字，还有铁路两字，几个数字下画着横杠，那应该是时刻。还有一个地名——帕努科河。

雷本眉飞色舞地描述了今天的计划如何奏效，约翰·卢尔德的字条如何精彩，海西特这当上得如何彻底，一切又是如何的顺利，比他之前料想得还好。

他们边往殡仪馆后面的仓库走着，雷本边模仿着约翰的腔调，“海西特先生，您的冰库建材已经到货——明早结算。”

一人一边,父子俩把仓库的大门拉开,门上的铰链叮叮地响着。雷本还在说,“你没看见他当时那副德性,卢尔德先生。就好像是谁把那张纸条一口气从屁眼捅进了他脑袋里一样。”

雷本拿手里的香烟点着一个灯笼。一点昏黄慢慢填满了空洞的库房,卡车安静地停在里面,旁边停着一辆手艺考究,做工典雅的灵车。大概是停了很久,上面早已落满尘土。灯光艰难地穿透它的窗扉。

父亲还在絮叨和海西特的会面。约翰·卢尔德把胶片扔到驾驶室座位上,扶着车门喘了几口粗气,一屁股坐在车道上。

雷本告诉他海西特就住在海关旁边的那排房子里。他邀请自己一道过去,而且相信了他是麦瑞尔的朋友。他把自己带到厨房,一个墨西哥老太婆在那儿忙活,海西特让她准备了饭和咖啡。之后海西特自己却跑一边去了。

不断有人来,一次一两个。远远地听见隔壁的房间里是在讨论些什么。他们显然知道墙不厚,都故意压低了声音。他是当着那个老太婆的面记下这些东西的。也问了她几个问题,但好话赖话统统跟没说一样。

那帮人走后,海西特回来了,坐在桌子旁。两个人和老朋友一样喝着咖啡和高档威士忌。

“别看人文绉绉的,心眼儿可一点不少。”雷本继续说道,“一个劲儿地问我各种问题,想方设法试探我。真他妈一个挨千刀的。”父亲瞅了眼灵车窗户中映出的自己。灯笼的亮光照在落满灰尘的玻璃上,把自己的面貌也染得昏黄。

“我已经安排好明天就弄辆卡车把那些往南部运的冰库建材装好。我本想让麦瑞尔去跑这趟活,但既然他不在,你又是朋友……然后我就倒了满满一杯他的高档威士忌,跟他说,‘麦瑞尔先生回来的时候,你就能确知我是可信的了,我那老底儿他全知道。’当然啦,海西特先生不知道,我看麦瑞尔最后一眼的时候,他脑袋上正巧有个洞。”

雷本扭过头来对着约翰·卢尔德说:“然后他对我态度就更好了。他说‘我这回要是干得麻利,以后跟麦瑞尔的那帮人还会跟我干’。你瞧,卢尔德先生,看出他们的底牌了没?”

父亲掐了他的烟,看见儿子轻轻地走过来。脚下没有什么声音。仿佛人类趋向亮光的本能,他踱到灵车旁,手里拿着香蕉,但是却按在面庞的伤口上。他往玻璃上探了探头,想看看脸上还流不流血。雷本站在他身旁,看着他在玻璃上的脸,从微笑变成放声大笑。

“他算把你扔狼窝儿了。”

“往下想想。我拿到卡车,我回来,很好的。但是如果有圈套,我就成了再好不过的炮灰了。啥也不知道,只有受死的份儿。”

他把手搭在约翰·卢尔德肩上,语气仿佛两个共案犯。“下面来听听我的想法,看我们怎么能把这事儿趟了。”

“把这事儿趟了……你没开口我就知道你怎么想的。”

“说说看。”

“你把卡车开回来，”约翰·卢尔德说，“然后拿到钱。作为回报，你会把东西给海西特送去。我通过你能找出接货地和幕后的货主。然后我回家，你，也许会带上海西特继续干。就像你说的，‘精神饱满，面带微笑’。偶然间，你竟在这儿找到了你的未来之门。”

“啊哈，卢尔德先生，你脑子真他妈的快，赶上赛马了。”

“而且是绝对的纯种好马。”

但是儿子脸上并没有笑容。他跟父亲要了根香烟。眉头紧锁的他在考虑万一的情况。“你去送货，送这辆卡车，”他说，“但是如果你又拉上一具尸体呢？你说你为了这辆车才杀了他。”

父亲往儿子身边又凑了凑，两眼盯着儿子模糊的影子。此时儿子也正盯着他映在窗棂中的双眼。

“盗亦有道，”约翰·卢尔德接着说，“想想看你自己这个人，值得别人信你多少？海西特能信你多少？”

父亲抬起头，灯笼的光照了下来，他的脸半明半暗。“能这么着考虑事儿的人，以前肯定有阴影。”

“你知道就好。”

倒影对倒影。父亲终于从刚才的兴奋里平静了下来。“好像有个说法,除非有人订了葬礼,灵车是从来不擦,从来不修的。换言之,如果它现在是能用的,那肯定是有人要翘辫子了。你信吗?""不。"

"我信。所以赶快把你该死的手从这上面拿下来。"

雷本坐在厨房里的橘黄色餐桌前。晚餐还没端上来,电话铃却响个不停。过了几分钟,海西特先生进来,把随身带的一只皮包放在雷本面前,然后写好了见面地点和见面时间。

帕斯大道(Calle de la Paz)的西头儿直通布拉沃河。同时却也是个无人问津的垃圾场。几个小时后,雷本用电话给海西特留了一条紧急口信,约他到那见面。

鸟儿在上升的气流中盘旋,时不时从垃圾堆里叼走点残羹剩饭。雷本抽着烟,蹬着一辆车,挣扎着爬上这崎岖不平的破路。

海西特也没带人。下车的时候,他两眼盯着雷本,然后又看了看卡车。"我不明白,为什么来这儿?"

"让我来慢慢告诉你。"

雷本带海西特来到卡车车斗后面。油布半掀着,恰好能看见麦克马努斯尸体上那张暴怒的脸。老人马上转回过身去,不想看第二眼。皮包就放在麦克马努斯的身旁,雷本把它拿出来,递给海西特。上面沾满了血迹。

“关于交易的事儿,这家伙和您的见解不大一样。”

海西特先生摇了摇手,没有接过包。

“世上最动听的话,就是清清嗓子,吸口气,慢慢地说一声‘操你妈。’”雷本说着,撸掉一叠百元大钞上的纸带,把钱塞进了自己的口袋。

约翰·卢尔德躲在一棵树后面,把一切看得清清楚楚。海西特的轿车吐着黑烟没走远,约翰就迫不及待走出来。他看了看海西特之前在住所写的那封信。上面是斯塔林斯博士的地址。所说的大概是要介绍一份火车上押运货物的活儿。而铁路就在去大卡萨斯(Casas Grandes)的路的交汇处。

“你认得那个博士,是吧?”雷本问道。

“是的,在电影里看过。”

父亲想伸出手来握手,但儿子却还专注于那封信。“卢尔德先生,您已经完成了您的任务,我也是。我想是时候说再见了。”

儿子抬头看了看雷本,没有接过他的手。“我想,你肯定觉得我们在一块儿的时日不多了……但我告诉你,离完事儿还早着呢。”

第二十章

雷本站在风中。海鸥从头顶簌簌地掠过。他盯着儿子，仿佛五雷轰顶。

“最好说清楚，你什么意思。”“我又没说外语。我说完事了，我们才算完事。”“然后就要把我也带下水？”他一把抓过信，转身要走。“你去哪？”约翰·卢尔德喊着。“你管我呢，”父亲挥挥手里的信，“你走你的阳关道，我过我的独木桥，从此咱俩井水不犯河水。”

雷本正伸手要开门上车，约翰·卢尔德的枪管就顶上了他的后脑。雷本只得举起双手，任由腰间的手枪让儿子拔去。

约翰·卢尔德站在背后。指了指卡车车尾。“麦克马努斯……你杀了他。我知道,海西特先生……他也知道了。你可能会说,他和你是一伙儿的,但是如果诺克斯检察官来墨西哥亲自调查,那么……嗯?”

儿子开始围着父亲踱步。“你在……海关检查站……毒死……那3个守卫,可是回到河边,你和我说的话还记得吗?你说‘卢尔德先生,这是拖你下水的一招儿’。”儿子的眼中闪现出一丝亮光,他等了很久,终于现在能畅快淋漓的把这些话吐出来。“我说完事了,我们才算完事儿。”

“在街上那会儿。”雷本说,“我们去海关,你拿到照片和海西特的条子。那时候心里就打好谱了吧。”

“那时候?”

“那时候。”

仿佛是要嘲笑父亲,他又说:“啊,也差不多,反正就那样儿。”

“死家伙再这么折腾下去,离翘辫子也不远了。”

约翰·卢尔德拿回信。“你把卡车开过去,你去干这份儿活儿。我和你一块儿,一步不离。这样我们就能查出来这辆车会开去哪儿,什么人在那儿,以及他为什么要这些货。如果有必要,我们就一直开下去。”

“我非死在你手上不可。”

“谁也没说你不会。兴许离开华瑞兹之前,看你这一路的面,我会把你的棺材擦干净。”

雷本改变了策略。他掏出一支香烟来点上。倚着卡车,一手抓着手帕,使劲伸了伸懒腰。“要我说,咱们就该留在这儿放松放松,好好看看景儿。”

“现在听我说,”约翰·卢尔德说,“我有脑子,我可不是任你摆布的玩偶,别想耍花招儿。现在,你是一个,我是一个,这辆卡车是一个。就这么多。没有过去,也无所谓未来。只有现在。明白吗?”他用枪管敲了敲卡车。“这就是我们的世界。看看上面写的字,‘美国帕台农’,我们的世界就叫这名字!你……我,还有这辆卡车。我们要开着它,一直到头儿……一块儿。只要有必要,死也得死在这辆车的车座上。”

边说着,他试图让自己冷静下来。“等咱们完事儿了。等我说咱们完事儿了,那时候,你就能拿到你的豁免了。现在……”他看了一眼卡车车尾。“把麦克马努斯从卡车上弄下来,找个合适的地儿处理掉。”

“你这……真是的,卢尔德先生。”

儿子停下来。他的脖子和肩膀都紧绷着,转过身来。

“想想你自己的麻烦。或者你总是试图把自己伪装成你实际不是的那个人。但是记着,瘦死的骆驼比马大。”

“还教训起劲了。”

“我能活到今天,因为我总是占理儿。”雷本走到驾驶室里,够他的铺盖卷。“真正有用的……‘是战略的实际应用’。别老使劲瞪着你的大眼,卢尔德先生。”

雷本把铺盖卷往肩上一扔。走了。儿子看着他的背影,大喊,“你以为你走得了,其实走不了的。”

父亲没有停。

“想过你的家人吗?”

雷本停了下来。一下子变得面无表情。儿子听见了自己说的话。但这句话没有经过大脑,他没有准备,没有计划,就这么说了出来。好像纯粹泄愤的言辞,但却早就存在心中。真的,全然自觉,心动之时口已张开,就这么说了出来。

“你也有家人,对吧?”

雷本扔掉烟头。

“在埃尔帕索,对吧?”

父亲没动。他又把铺盖卷儿使劲往肩上靠了靠,仿佛就要开拔继续走。

“你在教堂也问过我城里的事,我确实认识那里的几家人。”

“我不知道你在说什么,”雷本回答,“但是,我只能表示遗憾。”

约翰·卢尔德跟上来,一手拿着自己的枪,另一只手拿着父亲的。枪管冲着地面。

“如果我跟你说，调查局的人也认得他们呢？我甚至可以告诉你，诺克斯检察官就和他们中的一个人见过面。这对你也无所谓吗？”

儿子看见他的眼中闪出一丝抖动，下巴微微一颤。我捅进来了，儿子想，感谢上帝，我终于找到你的软肋了。

“看看那儿。”约翰·卢尔德说。

他指的是那条荒草凌乱的山谷，它与一旁的河床同一走向。雨季时，便会出现涓涓细流。

“这就像你的人生，”他拍了拍雷本的背，“你知道吗？麦克马努斯，一个好朋友，本来会在这儿等着你，伸开双臂，拿着大麻欢迎你。”他甚至用一只手装作不断扣动扳机的样子，用那根手指，使劲捅着雷本腰间那支乳白色的钥匙扣。

看着约翰的表演，雷本竭力遏制住自己，保持着沉默。他慢慢开口，“卢尔德先生，我想我必须杀了你。”“你下不了手。”

约翰·卢尔德把雷本的手枪又塞回他腰带里。“现在，”他说，“你不是手无寸铁了。”约翰转身走回卡车。“我得给麦克马努斯先生找个能看见日落的地儿。”

父亲站在原地，无动于衷。他已经摆脱了一帮警卫，现在的处境，需要他好好想想。他看了看那条峡谷。从华瑞兹的方向走来一头驴子，拉着一辆小车。一个老人坐在车斗里。小男孩儿在一旁跑着,穿行于荒草之中,手里空空如也,但却仿佛抓着什么宝物。老人时不时地会点点头,说声“好”,小男孩儿便捧着他的那团空气,如获至宝般跑向老人,心里充满了对新发现的骄傲和快乐。

父亲摘下帽子,用手帕擦了擦内侧浸满的汗水。那条手帕,就是他给儿子包扎过伤口的那条。

当初他一劫到卡车,就该按自己的主意,开回埃尔帕索。当初,他就该留意着点儿布尔。他应该现在就消失在这一片荒野中,头也不回。但是集中心智,听听你内心的声音。那声音往往是最真实的,纵然……

他重新戴好帽子,整了整帽檐,扯开他那最为人熟知的嗓音,“卢尔德先生……在卡车上给我留个座儿。”

第二部

第二十一章

通向大卡萨斯的路向南延伸。卡车一直在开，儿子则在和背后那一闷棍留下的剧痛战斗。车轮下这条漫漫长路，恶狠狠地放大了他背上的酸楚。雷本停下来小便，潮湿的红土粘在了他的靴子上。

“麦克马努斯知道他难逃一死。”父亲说道，“过一两天，就不疼了。要是还疼，你就死定了。”

重新上路，卡车行驶在贫瘠山岭的夹缝间。人和车都快散架了。一里又一里，大山走过了一重又一重。安静的夜里，一切都在颠簸中消散了，只剩下他们两个人，还活生生的足可辨认。

没来由的，父亲冒出一句，“长枪短炮，各有各的用处。”

沿着铁轨，他们又走了几个小时。终于看见远方的烟柱，如斯巴达式的廊柱矗立在那儿。凄冷的溪水旁长着几片杨树。烟囱就在它们身后。水塔、仓库相继映入眼帘。还有几排小房，都是维护火车头用的。

小溪的对岸，俨然一座营地。百余人群聚其中。两列火车已经整装待发。雷本开过一座为货车加固的小木板桥。几个满脸横肉的警卫在远处摇旗，示意他们停车。问过事由，雷本掏出海西特的那封信。其中一个人用手指指着字，一个一个地往外蹦。终于等他读完了，伸出肮脏的手，朝远处火车旁干草地上一座新搭的帐篷指了指。在那儿，他们能找到斯塔林斯博士。

帐篷的位置在另一头儿，这让他们得以穿过整个营地。这是一群穿着制服的地痞。从列车的装备来看，无疑是要跑一趟远途，而且一定不会太平。第一辆车的 0-6-0 型车头和煤车停在前面。煤车上加装了射击平台。第二列车是一台硕大的 4-8-0 型的马斯托登(Mastodon)。这是火车头的名字，约翰以前在埃尔帕索的火车站上也接触过这个型号。它们是专为诸如马德雷*这样的山地而设计的重型货运车头。驾驶室后面是两节客车车厢,后面一节装牲口的闷罐车和三节供油罐卡车调上调下的无顶货厢,最后又是一节客车车厢。

最后一节车厢旁,支着一间野营帐篷。二十多个墨西哥妇女正坐在长桌前准备午餐。

驶近帐篷,雷本挂了低挡。帐篷的布帘被掀开,一个熟悉的面孔走进了营地刺眼的阳光中。至少约翰·卢尔德记得在殡仪馆那夜,那卷忽明忽暗的新闻简报上,分明有这张脸。

斯塔林斯博士刚刚刮过脸,穿着一身考究的灰西服。后面跟着几个壮汉和一个小伙儿,后者扎着一条花哨的武装带,炫耀着上面插着的武器。他袒露着脖子,一只胳膊从手腕到肩胛骨的皮肤上,文了整整一面星条旗。

"整个一马戏团,对吧,卢尔德先生。"说着,雷本把车熄了火。

斯塔林斯走上前来。不急不慢地打量着卡车。他看见车身一侧印着"美国帕台农"的字样。他接过字条,看了看。充满好奇地走到父亲身边瞅了瞅。而后又绕着卡车走了一圈。"这是……谁的摩托车?"

---

* 马德雷山脉(Sierra Madres),墨西哥山脉,从美墨边境开始沿墨西哥高原东西两侧向南一直延伸至危地马拉。富藏铁、铝、金、银等矿产。——译者注

父子俩面面相觑。这可怎么说？雷本的反应还是快点。“我们搞到这辆车的时候就在里面了。”

斯塔林斯背着手，又走到车尾，仔细端详着卡车和上面的箱子。回到驾驶室，他盯着约翰·卢尔德，但注意力很快又转回到雷本身上。

“我感觉我以前似乎见过您，是吗？”

雷本靠在方向盘上。

“要是你的标准不太高也不太低的话，我想我长得很平常。”

“您肯定在德州也有买卖吧。”

“你叫什么？”

“雷本。”

博士扶了扶眼镜，哼了一声。“信里说到你来着”，又挺了挺胸，“这位是？”

儿子正想说话，但父亲马上拉住他的手，制止了他。雷本越过儿子，仿佛他不存在一般，用一种极为私密的音调对斯塔林斯轻轻地说，“海西特能作证，搞到这辆车可不容易。这小子，看着名不见经传，可若不是他……我根本到不了这儿。”

儿子索性由着他，爱怎么说就怎么说吧。父亲的眼珠一直转个不停，从帐篷到列车到那群地痞模样的警卫。“斯塔林斯博士，这样规模的远征，依我个人的经验，死人……是难免的。”

斯塔林斯博士面无表情,收起信,转身走回帐篷。“杰克·比(Jack B),把卡车和货都吊上火车。给他俩安全卡……当然,还得等他们正式自我介绍一下。”

杰克·比,就是那个满胳膊文身的小痞子。他挥挥手,让卡车跟在他后面,开到一节等候的车厢旁。工人不是在打牌,就是在瞌睡。车顶上,两个警卫手持步枪来回踱着步。一个瘦高的青年,也是墨西哥人,站在上面用折叠相机拍下了雷本和他们的卡车。

“带着摩托,”约翰·卢尔德开口了,“可能会露馅。如果麦瑞尔和他的人当初是从这儿出发的,博士会有所察觉。”

“他当然察觉了。不然你怎么想,他干嘛要问摩托车。如果带摩托过来会露馅,那么现在已经露了。”

杰克·比招呼工人准备好起重机,连车带货一起吊进无盖的货厢。父子俩则被勒令下车。两个人高马大的武装警卫缴了他们的枪。

“现在搜下身,”杰克·比喊着,“转过身,转过身。你,把手按在油布上,还有你,把手放在车斗上。”

他们遵命了。父亲看了一眼儿子。目光落在他藏笔记本的口袋上。

雷本的手被另一只更有力的手腕按进卡车斗里,并被反复命令盯着前方 ,不要乱看。口袋被翻了个底朝天。钱包也被掏出来。里面没剩几个钢镚。约翰·卢尔德那儿也不多,但却有一张母亲的照片和一个残了的十字架。父亲一直试图扭过头去偷看一眼。他看见了,短短的一秒,阳光下那个小十字架反射着耀眼的光芒,但他没有认出来。这不是他打坏的那个,至少现在他没看出来是。

第二十二章

警卫一个挨一个地把儿子的口袋翻个底朝天。雷本不禁冒出一身冷汗。他们把口袋一直掏到底，翻过来，把里面的东西扔在太阳地儿里。但到了最后，他们也没有发现卢尔德的笔记本。

“你俩转过身来。”

父亲眼睁睁看着儿子面无表情地把口袋一个个都收回去，弄整齐。两个人收拾好自己的钱包和个人物品。杰克·比从他的短上衣口袋里掏出两张安全卡递给他们。雷本并没像以往那样，装作对什么都不感兴趣。和约翰·卢尔德一样，他也看了看上面的字：

阿瓜内格拉(AGUA NEGRA)私人领地

安全证

“从现在起,你俩负责这辆卡车。你们就呆在货厢里,睡在货厢里。除非有命令,哪儿也不用去。”

杰克·比正要招呼起重机把卡车和他们吊进去,雷本插了一句,“嘿,星条旗,咱们这是去哪儿啊?”

“关你什么事?”

雷本把帽子戴回头上,懒懒地往卡车上一靠。“如果我知道我们要去哪儿,我可以写信告诉我老妈。好让她知道可以给我寄什么衣服穿。”

约翰·卢尔德使劲忍着,装作没听见雷本那恶心的言辞。杰克·比摇摇头,“反正不是德州。”便转身走掉了。

雷本也摇了摇头,“拽什么,我也是美国佬。”他扭过头来,轻轻地对儿子说:“那笔记本……”

儿子绕过父亲,趴到地上,从下面够到驾驶室的底下。他又爬出来时,笔记本已经在他手里。他挥了挥,就赶忙装回口袋。早在他们离开华雷兹的时候,他就料到了这一点。

雷本倚着油布,看见一个工人正拿着铁链要把卡车和绞盘拴起来,他喊起来,“嗨,伙计,这车是去哪儿啊?”

那人用大手套蹭了蹭下巴。“你是这儿的人吗,这都不知道?”

“我是啊,但我真不知道。娘呆儿子笨,也没得办法不是?”

“上区里去啊,老兄。那可是咱的地儿。”

“啊,谢啦,伙计。你可别和人说你跟我这个傻瓜说过话啊。”

“没问题,老兄。”

父亲吐了口痰。两个人谁也没说话。他们都清楚区里是什么意思——从坦皮科到图斯潘的海岸。一片石油之国。

在报纸和地图上,人们管那里叫“黄金小径”。但如果有人亲自到过那儿,他就会知道那里遍地是被燃烧过的废墟,土壤因有毒而无法耕种,天上更是会降下黑色的雨滴。父亲亲眼见过这样的地方。在坦皮科、洛波斯港、赛洛阿苏尔,那里的大街上、酒吧中和油田里。一切和他自己的面庞一般,死气沉沉,毫无生机。他不想成为那里任何一个地方的常客。“下一站,一千英里。”他说道。

“是的。”

“等到了,人都成一堆烂肉了。”

约翰·卢尔德的额头上出了很多汗,以前从没有过。

“卢尔德先生……”

“我们要上路了。”

“但上路不意味着就能到达。”

“我们能到达。”

“看看你自个儿。”

儿子又擦了擦汗。

“你现在就是一堆太阳地儿里的盐。”他指了指这年轻人背上的帽子。“还在流血，卢尔德先生。”

儿子抹了把脸，朝四周看了看。走过最后一节客车，麻利地爬上车厢，贴着门窗玻璃，往里面张望。雷本也跟上来，扒住他旁边的位置。阳光从车窗射入，把里面的一切都照得透亮。他的面孔早已没有什么血色，脸蛋贴在玻璃上，如同拍扁了的冰激凌。

儿子的目光从自己身上，缓缓移向父亲。就如同昨天，父子俩在卡车上肩并着肩坐了一夜。那时他看着玻璃中映出的自己，那个人一点儿都不像父亲，也一点儿都不像他自己。两个人的差别不多，就是那几处不同，但也相去不远。这样的凝视太过安静，或者是那个叫雷本的人内心里不愿去面对。儿子露出牙齿，笑了笑。父亲却觉得十分别扭。

“我是在流血。但……我们还得继续走。你别想拿我的事儿打岔。”

“我怎么敢啊，卢尔德先生。你打算什么时候玩儿真的？我在边上给你加油。”

他们俩正对付着，一个人影从帐篷里出来，走上前。“卢尔德先生，我猜有人对你感兴趣了。”

他把脑袋朝来人的方向撇了撇。是特丽莎从帐篷那边过来。她抬着手挡着刺眼的阳光。

他对这个女孩一无所知，也看不透。她上前来，怯生生地比划着，仿佛是在问，他在干什么。一看到是她，两个人赶忙从车厢上跳下来。约翰掏出铅笔，又撕下一张纸。一阵狂草，他把纸片递给特丽莎：千万别说我是谁，千万别说你是怎么认识的我。生死攸关，回头解释。

雷本看着特丽莎。她看见字条，眼睛睁得老大，脸色也变了。她还想问点儿什么，使劲想要过纸笔来。但约翰·卢尔德摇了摇头，用铅笔指着那个几个字：回头解释。

他拿回那张纸条，边撕着，边转身走回火车，又爬了上去，远远地把碎片扔到远处。其他的妇女经过，把特丽莎拉走了。约翰·卢尔德回到父亲身旁，满脸愁容。

“这不会就是你跟我说过的那个女孩吧。”

“就是。”

“你杀了她父亲的那个？”

“正是。”

“真不赖，我盼着有一天她和她爸都能知道这事儿。”

傍晚时分，巨大的马斯托登鸣起汽笛。霎时间，小溪边的鸟群一齐离开了树顶，向天空四散开去。工人和流氓警卫纷纷跳上客车或货厢。整个营地都沿着铁轨运动了起来。绞索已经拴好了卡车，它所在的那节车厢也挂上了车头。

约翰·卢尔德坐在地板上，倚着卡车的前轮，看着远方的夕阳。盼望着那一团天边的火焰，能多少温暖一下自己的身子骨儿，并驱走已经冒头的感冒病毒。雷本站在一边，抱着胳膊，看着斯塔林斯和他的参谋委员会在上车前，围着车头黑洞洞的轮子，聚起一团，拍摄集体照。那个墨西哥摄影师活跃得很。但斯塔林斯一行人上车后，他却被一个工人拉进了货厢。客车里显然没有他的座儿。

锅炉怒号着，把蒸汽挤过阀门，使劲推入气缸，活塞则在这轰鸣声中有节奏地开始向后运动。轮子随之开始向前滚动。连接器在自己的夹缝中呻吟着，吱吱嘎嘎的木头声和沉闷的金属声混在一起。白雾从排气口中逃出来，在车头后面的风中被拉成一条白线。一列接着一列。奔向海湾的远征开始了。一同上路的，还有车上每个人心里截然不同的期待。

第二十三章

启程时身旁的小溪和山谷早已被甩在身后，如海市蜃楼般渐渐消失在热浪之中。约翰·卢尔德还坐在地板上，后背倚着轮胎。他试图写下从殡仪馆到现在一路上发生的所有事，但感冒让他的手不住地颤抖，视线一片模糊。他看了看和货厢连接在一起的客车。同行的妇女都被集中在那里。

特丽莎出现在车门上的窗户前，静静地，宛若一幅肖像，看着他。透进窗来，昏黄的阳光，她伸出一只手，在玻璃那面抚摸着，手指划着十字的形状。约翰想起那一夜在教堂前，她在自己的笔记本里写下的东西。他从外套口袋里掏出笔记本,翻到那一页,举起来给她看。

晚风卷着沙粒。人们蜷缩进自己的大衣,借着几层布隔绝沙漠的黑暗。带着照相机的家伙在各个车厢之间跑来跑去,炫耀着他胸前那张特殊的治安卡。那显然也意味着一份特殊的酬金。约翰·卢尔德在他经过的时候吹了声口哨,轻轻摇摇手,把他招呼了过来。

他轻快的脚步停了下来。近前看来,他的年龄并不比约翰·卢尔德大,大把的西班牙语里夹着英语的碎末儿。约翰看了看他的安全卡。

图尔托(Tuerto)

摄影师 特别通行

约翰·卢尔德指了指上面的卡车驾驶室。“看见那个愣着神儿的先生了吗?”图尔托抬抬头,看见了雷本。“他刚才看见你给斯塔林斯博士他们合了张影。这让他很是忌妒。因为没什么能比找个摄影师给他好好拾掇拾掇,然后来张特写,更能让他高兴了。你要钱的话,我出。”

事实上,父亲确实在驾驶室里发呆。图尔托突然推了推他,夸了夸他那墨西哥式的好身板儿。他给雷本展示了那支折叠轻便的柯达机。他兴奋地讲解起怎么用,每个部件什么用处。甚至还打开来,让他看了看那栗色的折叠套和曝光圈。

图尔托又拿出一张柯达公司的“钢镚明信片”。“绝对是新玩意儿，”他改用英语说，“照张相，然后就可以洗成一张钢镚明信片，寄到世界上任何一个地方。有意思吧？”

雷本捧起图尔托的相机在车厢里走了一遭，把每个人都从取景器里瞄了一下。他们一个个无精打采，仿佛一世纪遗留的残骸，懒懒地瘫在地板上。图尔托跟着，嘴里不停地叨叨着他当年在墨西哥城学摄影的事儿。他梦想能成为一个明信片艺术家。“图尔托，”他说道，“在西班牙语里是独眼龙的意思。”他把手指伸到镜头前晃了晃，嘴里又重复了一遍“图尔托”。这是他的笔名，因为他的原名很长：曼努埃力托·米格尔·塔雷拉·弗洛利亚斯。(Manuelito Miguel Tejara Flores)

“如果我想给这列火车来一张，”约翰·卢尔德在一旁开了口，“能行吗？”

“当然。”

“连上面的人？”

“怎么不行。”

“然后你就可以把它们寄到别的地方，比如埃尔帕索的某个地址。”“是啊。”

“那我可不可以买一些照片的拷贝呢？你已经拍过的那些。”

图尔托犹豫了，他从来没遇到有人提出这样的要求。“这家伙怪得很，"雷本说道。"我想，"图尔托回答道，"给钱就可以。"

约翰·卢尔德回过头去，闭上了双眼。他的脑袋飞快地运转起来。"行，这笔钱你赚定了。"

图尔托谢过两个人，笑得合不拢嘴。雷本坐到轮胎旁，挤到约翰·卢尔德身旁。

"你信得过他？"

儿子没有睁开眼。

"我想尽可能收集些情报，这些都是未来可能的证据，并且能够支持我们进一步的调查。唯有那样，我才能回家，你才能豁免。"

"所以你就叫上他了。"

"以前是谁跟我说枪不离手，眼不揉沙来着。"

雷本注视着闭上双眼的约翰·卢尔德，他的脑袋轻轻摇了摇。

"你挡着光了。"儿子说。

为了表示自己没有离开，父亲抓住他的下巴，拉着他的脸，左右摇了一下。"有些时候，比如说，你刚才跟那个摄影师说我很忌妒别人拍照片。卢尔德先生，我得承认，似乎从我一出生，你好像就认识我。嗯？"

儿子终于睁开了眼睛。"是从我一出生。""确实。"

他又闭上了双眼。父亲继续挡着光,儿子则自己挪了挪身子。

“卢尔德先生,有没有过什么事情,让你觉得值得搭上性命去干。”

“现在这件事情就值得。”

“哦。我嘛……如果我还是你这么大,还可以重新来过,我就会去那种有映画*表演的地方。把自己打扮得和绅士一样然后……”

“然后精神饱满,面带微笑……”

“真他妈的让你猜着了。”

儿子的眼皮动了动,半睁不睁的。面前这张脸就如同胶片上的污点,嵌在远山的风景之中,夕阳的余晖给面前的一切都镶上了亮边儿。铁轨上永不停息的嘎嘎声,此时就宛若胶片划过齿轮的噪音。眼前的影像越来越热,父亲的面孔开始扭曲。闪烁的黑点白点充满了画面,一股寒气却浸彻了身体。边剧烈得颤抖着,他上身猛然向前一栽,抓住了雷本的外套。“但你心里在想……怎么才能……整死他们……对吧?”约翰·卢尔德露出牙齿,笑了。父亲看见那惨笑的脸,嘴上慢慢地哼起来,

---

* 指早期的电影。——译者注

“你这美国佬……土得掉渣……美国佬…… *”声音越来越小。

笑着，约翰·卢尔德昏了过去。

雷本把他的头推回去。“卢尔德先生……你这狗娘养的，”说着，他把儿子的背摆正，不偏不斜地倚在轮胎上。

“真该把你从车上扔出去。”

雷本跑到漆黑的客车连接处，敲了敲窗户。一张张昏暗的面孔挤在一起，整节车厢里只有几支蜡烛，星星点点地闪着光芒。他使劲用西班牙语跟那群妇女解释，约翰·卢尔德躺在货厢里，他要找一个叫特丽莎的聋哑女孩儿。

妇女们一个个都盯着这张急躁又粗野的生面孔。他使劲拉门把，但发现门早就被死死锁住之后，又大骂起来。要她们赶快动动，赶快打开这该死的门。

雷本没办法，只好回去，拿出约翰·卢尔德的笔记本，使劲按在车窗上。特丽莎满脸疑惑地看着车厢头上拥挤的同伴。从人缝里，她瞅见那个熟悉的笔记本，才怯生生地从黑影里走出来。雷本使劲比划，要她赶快放自己过来。

父亲在笔记本上边写着，把晕倒在卡车旁的约翰·卢尔德

---

* 语出 Yankee Doodle Dandy。是一支流行于独立战争时期的美国民歌。表现了美国人民反抗英军的乐观主义精神。——译者注

指给她看。图尔托正撑着身子,试图要拖起失去神志的约翰。一个形容干瘪,面相如猫头鹰一般的老妇人走一步上前,冲雷本喊起来,要他赶快和那孩子一起把约翰拖到她这儿来。

雷本跳过车厢间的夹缝,和图尔托两个人一起,用肩膀抬起约翰,挪到车厢头儿上,准备跳过去。此时两个人要是有一只脚没跨过来,就可能一块儿都被带进车底,碾成肉酱。一群妇女挤在前面都伸着胳膊要在第一时间能够抓紧雷本和图尔托。在摇摇晃晃的车厢上,两个人就像醉汉一般,稍稍下蹲,准备发力。妇女们一声尖叫过后,两个人背着约翰有惊无险地跨了过来。

客车里的座椅早已被拆掉,妇女们的篮子和铺盖都放在地上。她们为约翰清出了一块儿地方,铺好了稻草垫子。就是这样简陋的垫子,临行前,斯塔林斯也总共只给了她们不到20个。妇女们围上前去,把雷本挤到了车厢另一头儿。这一会儿的工夫,他又把车里的人骂得一个不剩。最后竟又惹得几个女人把他重新锁到了车外。雷本两手扒着车窗户,脸贴着玻璃,透过摇晃的客车走廊,看见几个女人围成一小圈,把约翰·卢尔德的衣服剥下来。还有人把一个小箱子放到了他的身旁。那个形容干瘪,面相如猫头鹰的老妇人从箱子里小心翼翼地取出一个小袋儿。周围的妇女接着又像群小鸟一样,叽叽喳喳了起来,雷本远远地能辨认出,她们所说的是一些草药和当地的土方子。好像是受了那个老人的命令，一个妇女摘下头巾，径直走到门前，把窗户遮了个严实。

雷本坐回到卡车上，周围漆黑一片，独自点起一根香烟。沙漠在身旁轻盈地跑过，轨道附近高低起伏的山丘刚映入眼帘，眨眼间又消失在身后的黑暗里。那夜就如囚笼般锁困着列车，看不到黑暗的尽头，也望不见荒漠的边际。雷本的心里升起一阵难以名状的愤懑。

其实不是因为约翰·卢尔德是死是活的问题；出于他最纯粹的自私，他也不想约翰就这样死掉。但如果他死了，那么……

他探出头看了看后面在漆黑中摇摆震颤着的客车。愤懑，又或许是因为那群黑头发黄皮肤的臭娘们儿和她们那混合着神秘力量的毒药；或许是因为她们衣服和头发上散发着柠檬、香草和熏香的怪味儿；或许是又想起了在埃尔帕索那个他妈的再也不会回去了的破家，也正是因为回不去，自己才最终落到这般田地。此情此景，不是雷本第一次经历，就如同蹲监狱一般。但这里不是任何哪座监狱的号子，他也不是谁的囚徒，不是。狱墙，就是他自己。

一道手电筒光打在雷本脸上。

他抬起头。斯塔林斯博士站在货厢的一头儿，杰克·比朝自己走来。“那个和你一块儿的孩子呢？我听说他病得厉害。”

雷本弹了弹手里的香烟。手电又照亮了客舱头儿上的那块头巾。“我们这儿可不养闲人。”

雷本没看杰克·比。相反他仔细盯着那根香烟。“到下一站,把他扔下。”雷本深深地吸了一口,答应了一句,“好吧。”

杰克·比的手电筒又挪到了雷本的脸上,这次更近了。谁也没说话,寂静最终轮到了由车头上那撕声裂肺的汽笛来打破。

第二十四章

汽笛声又持续了一秒多。车上的警卫或把头探出窗外或蹲到货厢边沿儿上，朝着铁轨延伸的方向张望。依旧是一片黑暗。就连妇女们，也想看个究竟，一个个把脸贴到玻璃上，留下一道道冰冷的水汽。但很快，汽笛的嘶鸣就如同那些蒸汽，消散在车身后的黑暗里，只剩下马斯托登的喘息声继续向前回荡在广袤黑暗的原野上。

驾驶室里的警卫朝斯塔林斯博士大喊起来，胳膊指向了一间小屋。这死寂的黑夜里，一个火堆在远方跳动。形单影只，随风摇曳。斯塔林斯博士马上命令全车准备战斗。又嘱咐了雷本一定要看好卡车。

又过了约么一刻钟。列车终于穿过荒漠，抵达一处给水站，同时也是墨西哥电报公司的汇流站。六七个带槽的木头架子孤零零地站在沙地上，仿佛装家禽的旧笼子，破败不堪。水塔倒塌了，躺在地上形成了一片废墟。第一列列车稍稍驶过，停在这片废墟前面。煤车上的警卫跳下车来组成一道防御圈。第二列列车缓缓熄火。斯塔林斯博士命令他的军官们迅速下车，并前去勘测现场。第一列车的警卫则撤回铁路旁待命。雷本从货厢里下来，在那群军官身后慢慢跟着，保持着一段距离，能勉强听见他们交谈。

这里显然经历过一场大火。但同样显然的是，这绝非自然灾害，亦非人工疏忽。整个站点里既没有人，也没有牲畜；既没有汽车，也没有马车。回来复命的人给斯塔林斯博士指了指铁轨旁边的沙丘，那里插着一座3英尺高，用木板条钉成的十字架。一张传单贴在上面，印着流亡总统马德罗的起义宣言——革命已经爆发了，再也不需要遮遮掩掩。

斯塔林斯博士把传单扯下来递给星条旗先生。杰克·比读罢，揉成个纸团，“头儿，看来咱们卷入墨西哥人的内战了。”

第一列车上的一个警卫走过去，把十字架拔了出来。他正要把砍断的十字架扔到一旁，一座村子里就传来了几声枪响。是三声步枪，又或许是四声。这名警卫应声倒地，身上爆出几个血洞，手里还抓着十字架的横梁。没有呻吟，死死地躺倒在了铁轨上。

杰克·比马上带领车上的人循着枪声开火。步枪的火光照亮了地上嶙峋的沟壑。村子里的枪声也越来越密。

又一个警卫中弹倒在沙地上。客车里的妇女尖叫起来。雷本赶忙跑回去，叫她们统统闭嘴。边说着边给自己的步枪上好子弹，单膝跪在地上，手指摸着扳机。

人的喊声和马的嘶鸣传入雷本的耳中，是六七个人的样子。几间窝棚在燃烧，随风摇摆的火焰照亮了马上的骑手。他们巨大的影子投在货车厢上，眨眼间，又消失得无影无踪。不是别人——正是农民游击队。

战争就这样降临了。一场真枪实弹的战争。雷本想着，这下那群搞政治的杂种们可乐坏了。但作为一个杀人犯，他可看不上这些。

斯塔林斯博士正一节节车厢检查伤亡，看见雷本，他说，“有件事儿，算让你说对了。”

“哪件？”

“得死人。”

雷本低下头，暗暗咒骂着自己的“先知先觉”。

枪声惊醒了他。约翰·卢尔德使劲睁开模糊的双眼，看见窗外的火花,宛如天上的星斗,但却在随风摇曳。他以为自己已经回到了威科山上的那片平地。直到听力渐渐恢复,外面呼喊的人声和列车轮子重新发出的叮当声,才让他察觉自己还在这列荒漠特快上。

他揉了揉眼睛,渐渐看清了身边这帮妇女,她们一个个缄口不言。一只手搭在他的肩上,目光跟去,是特丽莎坐在地板上,背靠着墙。另一只手紧握着他的笔记本和铅笔。

他喃喃地用西班牙语问了一句,“我怎么在这儿?”

面相如猫头鹰的老者回答了他,并把他的脑袋微微枕起。身旁,皮带吊着一支水罐,几支蜡烛在下面加热,最底下垫着一支黏土制的破碗。

这样看来,她显然是一个赤脚大夫,或者说是土医生。她是艾丽西娅修女。罐子里装的是辣椒水。车厢里还有一个秘鲁人萨门托·塔塞(Samento These),他喝了一些之后便在妇女们的注视下睡着了。

到达奇瓦瓦的时候天已大亮。浓雾笼罩着这座城市。列车缓慢而笨重地在灰色的铁轨上前行。周围一片朦胧,仿佛是在仙境泛舟。

铁轨旁有一间3层货仓,砖墙不知被谁画上了几个又大又笨的字母:MALO。雷本站在货厢边上,在一片雾气蒙蒙中,朝地上撒着尿。斯塔林斯博士爬上客车顶,开始查看整个货场。

雷本拉上短裤，两个人这时都看见了墙上的字。“改朝换代关我们什么事！”雷本喊了一嗓子。

他确信斯塔林斯博士认得西班牙语，那几个字母的意思正是“邪恶”。

列车滑过调度室和工作间的时候，迷雾里同时响起了阵阵喊杀声和几声枪响。一片白茫茫里窜出几个人影。依他们的信仰，冲锋陷阵必然会得到上帝的恩典，哪怕那恩典是以死亡的形式降临在身上。

在这片迷雾之中，他们神出鬼没。雷本看见几个人穿过货场，有的爬上货车，有的则抓住了那漆黑的火车头。他们朝车上的人疯狂地大叫，好像自己身上充斥着某种强烈的兴奋。

一个游击队员甚至高喊着“革命爆发了”跑上了货厢。雷本骄傲又冷漠地笑着，“可不是吗，朋友。很光明的……可惜不是你的前途。”

一个妇女跑来，站在车厢连接处，把雷本喊了过来。那个男孩儿，好像要找他。

约翰·卢尔德面无血色，背上依然不住地疼痛。但是身子已经不发抖了，神智也已恢复。

“看来女巫还没把你治死啊。”

“昨天晚上，”他张开嘴，“怎么回事？”

父亲蹲下来。女人们都在旁边静静地看着。“打仗了，卢尔德先生,就这么简单。我们现在在这个国家的正中间,走一步算一步吧。”

艾丽西娅修女在准备另一份汤药。她捅了雷本一下,让他把杯子递给那年轻人。他小心翼翼地端起这热气腾腾的杯子,放到鼻子下面闻了闻。那股气味儿似乎直刺神经。那股劲儿够冲的,把脑海中关着某段记忆的门锁都撞开了。雷本赶紧拿开杯子。“你作法了是吧?你个死巫婆!”他亲自又抿了一口,“和年轻那会儿一个味儿。”

他把杯子递给了约翰·卢尔德。他边喝着,雷本告诉他,“好像咱们的老板有条狗,还挺能打。我听星条旗说的。”

儿子沉默了一会儿。“但谁是咱们的老板?海西特先生?你觉得呢?我不觉得。”“我可看出来了,卢尔德先生。”

父亲站起身。“听着,你这个死巫婆。好好伺候着点这位主子。没事儿的时候,他可力大无穷,”说着雷本戳了戳约翰的腰,“尤其是这儿。”

那群女人有的害羞得遮住了眼睛,有的则大笑起来。“他可不是凡人,现在看不出来。多大的分量,都一肩挑。以后肯定扬名立万。”他看了眼特丽莎,发现她也正盯着自己。“迟早有一天,他得给你个惊喜。”

他起身正要出去,儿子又把他叫住。想说什么,却又犹豫了。他放下杯子,把脸上的头发拨拉开。“谢谢你……把我扛过来。”

看见约翰·卢尔德如此矫情地说了声谢谢,雷本的心里别提有多痛快。但话虽如此,矫情之余,约翰·卢尔德的声音中却听不出丝毫的做作,是完全真诚的。

第二十五章

战争已经爆发了。警卫统统爬上了车顶，一个个神情紧张地望着远方。离开奇瓦瓦周围丰饶的谷地和肥沃的农田，铁道旁的土地又恢复了荒凉和寂静。贫瘠的山丘上布满了层层叠叠的浮石。空气是凝固的，风景也是凝固的。一片旷远之中只有这列极小极小的列车提示着，这绝非永恒定格的画卷。列车进山时，夜色再次降临。远方宁静的山峰高耸着，仿佛要刺破月亮的边缘。约翰·卢尔德背后的绷带被重新扎好。体力也渐渐开始恢复。

他问过特丽莎，她怎么也上了这趟火车。特丽莎沉默了半响，写道：自从她被移民局遣返，父亲就遇上了麻烦，他担心，她哪天会在大街上被人拐走。即便按原先的打算，特丽莎跟从了艾丽西娅修女回教堂，但这丝毫没有减少父亲的担忧。于是他安排女儿和其他一帮女人一起去油田工作。他把特丽莎和其他几个去德克萨斯的男人一起送到了车场，便走了。她本期待着父亲有一天能回来，但现在她相信，父亲肯定出了什么事。

约翰·卢尔德忍不住想要告诉她实情。自他开始问第一个问题的时候，这种冲动就产生了，并且越发强烈。他叫她一起到车厢最后头的阳台上来，她没有问为什么。一座座山峰就如同教堂的尖顶，石缝中间偶尔伸出几棵松树。两个人坐在那里，就如同任何一对男女那样，抬着头，凝视着深蓝色广袤的夜空。约翰点起一支烟，但风很大，火灭了。

约翰·卢尔德一向禁得住沉默。他同样希望安静能博得她的好感，能使她可以接近，同样更能让自己冷静下来。

但感冒、疲惫和疼痛削弱了他的意志。还在车厢里躺着的时候，他仔细地看着那些妇女，她们的一举一动，音容笑貌仿佛都在拼接他对同一个女人的记忆：母亲。越是想接近这样的幻觉，他就越能体会到母亲在内心的那种存在感，同样也越能确知父亲在自己的内心烙下了何等的创痕。

就是货厢里那个戴着帽子，腰上插着萨维奇手枪的男人。许多年前，32 岁的他曾在华瑞兹的露天市场上教导他的儿子说:“你知道人是怎么回事吗？知道了这些你就永远不会再上当受骗了。表现得对每个人都漠不关心的样子……然后你就明白了。”

这不就是一种冷漠的伪装吗？自己的沉默不就是父亲教他的那种冷漠吗？躺在车厢里的时候，他就在一遍遍地问自己。这些女人的身上难道没有母亲的身影？自己身上难道没有父亲的烙印？难道一路上自己已经麻醉了，最终会变得像那群警卫一样，如行尸走肉。

正是这些驱使着他一定要告诉特丽莎真相，他写道：你的父亲死在威科山上，那时他正要杀害另外两个人。

读罢此话，特丽莎的眼睛里闪烁出一道泪光。她承受的疼痛有增无减，忧伤被压制在这样的静默中，更倍增了心头的苦楚。她看了看自己合十的双手。长发撩动着自己的面颊。她的美丽正在于这份清纯。她朝墨蓝的夜空望了很久。天地之间，峻峭的山巅是群狼的巢穴。她的忧郁仿佛停止在了某座山峰上，抑或某片天空中。

她仿佛能猜出什么，向约翰投来了一份怜悯的目光。约翰觉得那种神情会一直持续下去，但是，尽管如此，他仍拿好了铅笔。正要开始写下自己的作为，特丽莎伸出手，按住他的笔。她的眼神和动作表明了一切。她站起身来，回到了车厢里。约翰·卢尔德一个人呆呆地留在一片夜的漆黑中。

“你知道这年头儿一桶油卖多少钱？有概念吗？五毛。知道打起仗来，能卖多少钱吗？”

杰克·比和他的十几个手下坐在货厢里开起了小会。雷本懒洋洋地靠在卡车驾驶室里，脚搭在仪表板上，抱着胳膊。阳光从车窗外面照进来。星条旗先生在外面叽里呱啦地讲着，他则只需立起耳朵慢慢听，看看有什么有用的消息，能回头告诉约翰·卢尔德。

“斯塔林斯博士说很快就能涨到一块钱一桶……明年一准儿能到一块五。知道博士的钱现在都在哪吗？”杰克·比拍了拍他屁股口袋里的钱包，“可不在这儿。都在石油公司的股票里，什么标准啊、美鹰能源啊、沃特斯一普莱斯之类的。”

“墨西哥。以后什么样儿？不用想了，就看看这会儿就行。这个世界以后什么个格局，也不用想了，看看这会儿就知道了。斯塔林斯博士就会告诉咱们了。”

雷本忍不住想问一句。他从座椅上起来，手挡着阳光，边说着边看了看外面无尽的荒凉和遍地的贫瘠。“这会儿就在这鬼地方儿告诉咱们？”

“这就是未来。好吧，如果你不介意，你要是这么说的话，这儿确实挺像地狱的。”

一问一答，引起一阵笑声，杰克·比继续回答说：“你知道哪儿才有石油吗？你这种人，我看不但要笨死，迟早还要穷死。”

雷本又坐回驾驶座上，扯开他那副破锣嗓子，“带我出去看球赛*，带我出去到公园…… ”几个土包子也跟着他唱了起来，让杰克·比好一阵恶心。“加油，加油，加油，我的家乡队。拿不下球赛，可是你们不对……”

虽是这样，他刚才却一直紧盯着雷本，这时他的眼神突然转向了车厢末端。

约翰·卢尔德似乎康复了很多，走过车厢连接处，正朝这边过来。

“假期玩儿得好吗？”杰克·比问。

儿子看了一眼父亲。“说吧。”

“我不知道你刚才听见了没有。杰克·比先生刚才对我们进行未来教育。当然，我早就知道你那套未来观，约翰·卢尔德先生。根本没有什么未来，只有你，我和……这辆卡车，对吧。”

“我刚才听见杰克的话了。”约翰·卢尔德回答道。他打开车门，驾驶室的地板上放着他的小背包。他翻出一包烟来，点

---

* 《带我出去看球赛（Take Me Out To The Ball Game）》是一支著名的棒球歌曲，由 Norworth 创作于 1908 年，被誉为“棒球国歌”。在美国，它被传唱的次数仅次于国歌与生日快乐歌。——译者注

上，从鼻孔中缓缓地吹出一条白线。“讲得再对不过了。”

杰克·比把注意力又放回雷本那儿。雷本回答儿子，“至少这位先生不会笨死，也不会穷死。”

“他的老板怎么说的？”

“老板？”

“有人把我们这帮家伙和火车都凑到一起，出来旅游，”雷本继续，“斯塔林斯博士，都听他的呗。”“但是总得有人接货，”约翰·卢尔德说，“据说也有个投资人在供给他。”

“唉，”儿子叹了口气，看了看父亲，“投资人。”

“我不认识那人，但可知道他那套把戏。”父亲眨了眨眼间，使劲伸了个懒腰，抖擞起了精神，从车上跳下来。“开黑枪打闷棍，是吧？”

“你迟早得笨死，穷死。”杰克·比又重复了一遍他的预言。

“但还不至于在这两天。”

杰克·比走了，那群警卫也三俩一伙儿到别的车厢里无所事事去了。这节货厢里很快就只剩下了父子俩。

“行了，卢尔德先生，你到底听见什么了？”

“另一个版本的‘战略的实际应用’。”

“嘿！你知道我听见些什么？古巴……马尼拉……我都经历过。这是军事干涉。记得海关里那群兔崽子吗？难怪那么多大头兵都驻扎在福特布里斯。有种东西叫障眼法，卢尔德先生。”

儿子回应以沉默，显然也表明了他的赞同。他继续沉思，但时不时地往后面的客车望去。这一切都被父亲看得真切。

“你跟她说了？”

他离开后，特丽莎就一直坐在地板上，独自浸泡在悲伤里，不能也不愿意看他一眼。他找到艾丽西娅修女，感谢她的救命之恩。他叫她埃布莉塔，意思是“奶奶”，并且保证只要她需要，自己一定赴汤蹈火，在所不辞。

约翰·卢尔德沉默了良久，回答了父亲，“我说了。”

“卢尔德先生，介于现在的状况……你还是……反正冷漠总是对的。”

第二天，第一列列车停在一处沙丘旁。警卫抓住了三个游击队员。两个小伙子和一个孩子。斯塔林斯博士和他的军官们从列车上跳下来，得到报告称这三人企图破坏铁轨。当然，他们自己都坚称无辜。

第二列列车上的那群警卫，或者爬上车顶或者跳出车厢，纷纷上前要看个究竟。就连客车里的妇女也走了出来。举着手挡着阳光，远远地望着。只有雷本对此毫无兴趣，继续躺在驾驶室里，脚搭在仪表板上。

多轮的审讯和无数次抵赖后，斯塔林斯博士不想再折腾了。他命令手下把这三个人押到铁轨旁边50码左右的一处沙丘斜坡上。那里有一棵茎干早已发黑的枯树,周围尽是仙人掌。杰克·比把绳子甩到一根看上去最粗壮的树杈上,尽管那根树枝的前端早已断掉。斯塔林斯喊图尔托出来。

"你不就想拍这个吗?"

他点了点头。

"拍吧。"

约翰·卢尔德躲在货厢的前沿儿上望着他们,时不时地还往那群妇女那儿看看。特丽莎没有下车。

拍罢照片,摄影师跟着斯塔林斯博士走回车上。约翰·卢尔德注视着博士的一举一动。他走路时总是把手背到背后,冷静又谨慎,从不提高声音。这让约翰·卢尔德十分惊讶,因为这举手投足,竟都和诺克斯检察官如此相似。

两个游击队员被命令跪下,但他们不肯。斯塔林斯博士朝杰克·比点了点头。后者快步走到那两人背后。两声枪响,两个脑壳爆裂开来,身子向前扑到,仿佛要匍匐在地,去寻觅一块树荫。脑浆混着鲜血淌在地上,一滩一滩的,慢慢蒸发,慢慢下渗。

妇女们都吓坏了,紧紧地抱在一起。有的则受不了这一切,干脆跑回了车里。但这还远没结束,最坏的还在后面。

男孩儿挣脱开来,疯了一样跑向他的战友,但很快又被警卫抓住。他被带到树下。挣扎着被套上了绳套。他拼命扭动身体，但来自旁人的力量硬生生地在他的脖子上绑了个结实。把他拉起来的时候，他甚至喊不出声来。

人们往后退了几步，因为他还在拼命地乱踢乱踹。他的手还能动，使劲拽着头上面的绳子想缓解自己的窒息。脚在下面四处摸索，盼望着能碰到树干哪怕一根枝条，来支撑自己逃离这恐怖的死亡。他穿的鞋子不过是一张绑在脚上的橡胶。上面早已堆满了累累伤痕，此时不再有沙石尘土去刻上新的划痕，它只能绝望地在半空中摩擦着这炙热的空气。

宛若从前处死女巫的场景。旁边的警卫如同荒漠上的盐柱*，一个个无动于衷。图尔托再次按下快门，拍下了这场噩梦和周围这群扭曲的灵魂。妇女们哭喊着，央求他们放这孩子走，或者让他快点死去。形容干瘪的艾丽西娅修女，穿上她的修女服，颤颤巍巍地走上前，要往沙丘上爬。一面手脚并用，一面央求着警卫放这孩子一条生路，要么就让他死得痛快一些。

修女走得很艰难，沙丘旁没有人理会，没有人在意。一个身影飞快地跑到了她的身后，那是特丽莎，她跑来搀起艾丽西娅修女。约翰·卢尔德在她的脸上读到一种难懂的平静和深

---

* 《圣经·旧约》中记载上帝要惩罚罪恶之城索多玛和蛾摩拉。上帝指示城里唯一的义人罗德提前逃离。罗德的妻子因贪恋家中的财物，回头张望那城，结果就被上帝化为一座盐柱，永远矗立在郊外。——译者注

深的紧张。这副神情是如此的熟悉,从他在那间烟熏火燎的小屋降生的第一天就不曾忘怀。

旁边的警卫面无表情,他们的情感和身边的山峦一样贫瘠。见他们无动于衷,她便要冲过去,自己放那孩子下来。可是她如纸一样薄薄的皮肉与枯干的瘦骨,如何能穿过这群壮汉组成的围墙?但她还在大喊,还在央求。约翰·卢尔德看不下去了。

他站起身来,又看了一眼那群警卫。就像移民局的注册处,他们站成了一条笔直的黑线。

约翰·卢尔德回到驾驶室,拿起他的步枪。父亲抬了抬眼。“干嘛啊,卢尔德先生?”他上了一颗子弹。“别这样,卢尔德先生。”

他没有理睬父亲,转身举起枪。阳光灼烧着他的眼睛,但那群警卫反倒成了他瞄准的参照。

雷本见状,在一旁又大骂起来,“你小子敢扣扳机,就真要见阎王了!”

约翰·卢尔德听见了,但约翰·卢尔德也看见了,约翰·卢尔德开枪了。

第二十六章

那孩子又挣扎了一下，就再也没有了动静。他们看着约翰·卢尔德一动不动，仿佛法庭上的陪审员，面无表情。他转身走了，远远地离开那片沙丘和半空中挂着的死人。秃鹫在空中盘旋，计划着下一顿美餐。“这个国家很危险的，卢尔德先生。”约翰·卢尔德回到车上，手还搭在驾驶室里的步枪上。“我记得在威科山上那会儿，你就这样儿……”“当然了，自己都没几天活头儿了，还放不下别人。”

“一路上我们都变了。”父亲还在说，那种语气让儿子简直就想朝他脸上来一枪托。“甚至你也是。”

从父亲的眼睛里闪出一道亮光。

“刚才真该把你也一块儿吊死。”儿子回了一句。

“会遂了你的愿的。”雷本边说着，朝他身边指了指。

杰克·比走到斯塔林斯博士面前的货厢上。其余一伙人紧紧跟着。他挥着手，让约翰·卢尔德下来。

约翰·卢尔德没搭理他。还在原地，看着那个赤脚医生和女孩儿慢慢走开。艾丽西娅修女感激地朝他点了点头。而后和其他人回到客舱里去了。

约翰回头看了眼还在咋呼的杰克·比。斯塔林斯博士在他身后几步远的地方。约翰·卢尔德喊，“你往东南方看看，看我下来踹不死这死孩子。”

东南方是一片荒野，布满了突出地面的石块儿。为了减少可能的伤亡，斯塔林斯博士显然要有所行动。他叫人备下了地图、信号枪和信号弹，又叫人从闷罐车里牵出两匹马来。约么过了5分钟，一切准备停当。他叫手下都返回站里，杰克·比还瞅着约翰·卢尔德，“我还记着呢，来啊，踹死我啊。”

斯塔林斯博士伸出胳膊招呼几个军官，用一种不容置疑的语气命令他们准备发动火车。杰克·比生来就是这么个横主儿，但他听话，不需要威吓，不需要解释。他如此屈从于斯塔林斯博士并非因为他的地位和特权，而是在于在他身边能不受约束，免于法律的各样惩罚。

约翰·卢尔德和雷本从火车上下来,凑到斯塔林斯博士跟前。“你为什么开枪?”博士冷冷地看着他。

“要杀人,就来干脆的。”约翰·卢尔德回答,“想杀人,出去这趟有你杀人的时候。”“明白。”

斯塔林斯又转过身来问雷本。“你把海西特先生给劫了。你没有像你说的那样搞到卡车。”

“你这么说就没意思了,怎么着不一样?”

“你这种人,就算真话好听,也要说假话。”

“得了吧……”

“跟你闹也没意思。没错儿,现在卡车在这儿……也死了人了。而且将来还会继续死人。”

他指了指几码外的两匹马和地上的鞍子。“给你们两匹马。”说着又把地图、信号枪、信号弹一堆家什给了他们。让他们上了货厢。

他站到雷本旁边,靠着货厢。“你可能知道,我以前当过一阵子教授,在美国最好的学校。教课就是消遣,不怎么有挑战性。课堂上能有什么事儿可发生?这缺乏成就感,更重要的是,日复一日,没有尽头。”

他伸出手,从雷本的腰带上抽出他那把萨维奇。他把手枪拿在手里,用他那种教授式的眼光,仔细端详着。“有本书,说有你的影子但也不是。关于一个杀人犯和宗教审判所法官的故事。书里反复重复着一句话,对你我都受用……‘射程之内,万事合法。’”

斯塔林斯把枪插回雷本身上。

雷本抖了抖那件灰外套上的灰。“这种故事,肯定不是霍雷肖·阿尔杰写的,对吧?”

马和各样家什都装进了货厢。“今天就算你俩开工了,”博士说着把地图在地板上摊开。

斯塔林斯博士和他的众多警卫在火车上看着,父子俩跨上马,对着直射的阳光,离开铁轨而去。特丽莎在火车上,从一个窗户跑到另一个,把着玻璃,远远地看着两个人影消失在远山的荒芜之中。

地图上,兵营被画作一只秃鹰,安扎在铁路岔口附近。从那里开始铁轨将分做平行的双轨,两者都通往坦皮科和油田。

“博士话里藏刀,分明是警告咱们。”儿子说道。

“你觉得他说那点儿话是警告咱们。我倒希望是恭维,是骂咱们也行。”

“其实他现在做的事情都是非法的,包括照片的事。但没办法。”

“哼,现在还说这个。当初谁让总统修铁路来着?谁给的钱来着?不都是美国佬和英国佬。铁路其实是他们的,就好像油田其实也是他们的一样。所以他想做的,就是合法的。他手下的那些墨西哥人只值个屁。”

这时，传来一只牲畜沉重的喘息声伴随着铃铛的响动。是图尔托在追赶他想要溜走的驴子。

“你这是打哪儿去？”约翰·卢尔德问道。

图尔托指着秃鹰。

“谁的命令？”

他又举了举自己身上的照相机。

“人才啊，嗯？”父亲调侃着。

约翰帮他绑好驴子，三人便一同走在这干涸的大地上。雷本举目四望，高喊了一声，“三个博士*启程去伯利恒喽。”

所谓兵营是一座方形的场院，四边是夯土的小房，周围由尖头的栅栏连接。约么一个排的秃鹰停在栅栏上，困倦而萎靡，几只几只地凑在一起。微微打开的大门是用绳子绑起来的。他们发现来人，瞬间一个个都精神了起来。约翰·卢尔德赶忙朝天放了一枪。这群活物应声四散到天际，不久又纷纷落回远端的屋顶。

一行人走上前去，雷本用步枪缓缓地顶开大门。呈现在他们面前的是一座死亡的院落。尸体的鼻口虽都被手帕遮盖着，

---

* 《圣经·新约》记载耶稣诞生之时，有三名来自东方的博士（即博学之人，非今天之学位），在一颗星的引导之下，来到伯利恒朝拜了刚刚降生的耶稣。——译者注

但却早已臭气熏天。他们走上前去,又检查了每个角落。十几个士兵的尸身在太阳的暴晒下肿胀做一团。房屋皆遭洗劫,私人物品撒得满地都是。

约翰·卢尔德看见一间楼梯井,直通房顶的瞭望塔。随着他爬上去,房顶上那些仿佛监视着他的秃鹰边向四周飞散开去。约翰抄起望远镜开始观察周围的地形。下面的桌子上摆着一架手摇留声机,维克托拉牌的。一叠唱片散落在旁边。雷本信手拿起一张放进唱机,那上面印着《勃拉姆斯摇篮曲》。霎时,西班牙语的唱词从针尖里缓缓流出。

音符充满这座死寂的寨子,飘向无尽的荒漠。约翰·卢尔德看罢周遭的山野和铁路线的走势,收起望远镜,瞅了瞅下面的场院。图尔托正在死人堆里穿行,忙着给每具尸体拍照。父亲则找到一把椅子,用手帕捂好了自己的口鼻,步枪横在大腿上,挨着唱机,沉浸在音符编织的幼年童话之中。

儿子陷入了沉思。自己的童年也曾安逸如此时这支歌。这会是那个男人吗?在德克萨斯的夏雨中,在一辆电车上,叩动了母亲的心门。会是这个男人,曾经承担着那份对家庭的爱吗?约翰·卢尔德怀疑上帝是否真的赐予每个生命以灵魂。如果是的,一个灵魂又如何承受如此长久的苦难而至今日,穿着肮脏鄙陋如这死亡场院一般的躯壳四处游走?

看着眼前这一片狼藉,约翰·卢尔德觉得自己竟比想象中的要平静许多。是否自己的灵魂之火也会日渐熄灭,最终化作胸中的一团灰烬,而自己也如行尸走肉一般活着?父亲的出现难道就是为这注定的一步而准备?父亲的话还萦绕在耳边,如百爪挠心,“这个国家很危险的,卢尔德先生。……一路上我们都变了。”

从手帕后面突然传出沙哑破碎的声音。“你在那儿看我吗,卢尔德先生?”

“你最好起来。”

约翰·卢尔德骑在墙上,又开始在笔记本里写写画画。父亲爬上来,把赖着的秃鹰又一次赶上天。儿子用铅笔指了指搁在土坯上的望远镜,“看看有什么发现?”

父亲抄起望远镜,扫视远方的玄武岩平原。大地在炙热的骄阳下颤抖,铁轨岔道和周围的一切尽被烘烤着,无处遁逃。

“什么也没有,空空如也。”

约翰·卢尔德停下笔。扭头找图尔托。他撕下一张纸,站起身来。“有一条岔道被破坏了。”

父亲向后屈了屈身子,儿子正看着他。一只手搭在他的肩膀上。现在两个人的距离近得和那夜在威科山时候一样。只是如今,轮到儿子背着那自我毁灭的武器。

“用望远镜仔细看……岔道口向前50码,左边。挖下来的东西,一头儿在沙子里。看见了吗?”

确实如此。很大几块儿金属,在沙子的掩饰下,显得平滑而自然,并不容易发现。

“那是什么玩意儿?”

“鱼尾板……用来把轨道栓接在一起。你看,有人把它拆下来了。还有另一头儿的另外一个,你看……道钉也不见了。铁轨就这样搁在地上,等着火车来轧。”

第二十七章

图尔托同意把约翰·卢尔德的那页笔记带回火车上。那一边，斯塔林斯博士和他的军官们又检查了一遍路面。按照计划，他们的火车先开到营地那里，然后再等约翰·卢尔德的信号。父子俩要去侦查通往坦皮科的备用铁道，以确定下一个可能遭破坏的目标。斯塔林斯博士走到岔道，工程师指给了他鱼尾板的位置。道钉已经被挪走了。斯塔林斯博士朝着正南的方向，看了看手表，在车头的台阶上坐下，静静地等约翰·卢尔德的信号。图尔托跟三两个警卫打听了山腰上警卫部队的事情。他描述了自己的所见所闻，又指了指相机镜头,都拍下来了,不久还会给委员会洗印一份。警卫们耳语中泄漏的只言片语,把车上的妇女们吓得半死。可又听说那些尽是政府的爪牙,又不禁暗自窃喜。

崎岖的平原在一丛丛小山下终止。约翰·卢尔德和雷本还在跋涉。一百多英里外,墨西哥湾的潮水冲刷着坦皮科的沙滩。

"卢尔德先生,"父亲说着,把马骑了过来,"从这儿都能闻见海的咸味儿。"他又指了指火车的西边,一伙伙追兵扬起的尘土,缓缓地滚过平原。

约翰·卢尔德掏出他的望远镜。"不是龙骑兵*。但来去这么快,够玄乎的。"

"冲着火车来的。"

约翰·卢尔德的脖子上挂着厚厚的子弹带,里面塞满了信号弹。他将望远镜收入挎包。掏出信号枪。父亲则驱马走到他身旁。

"开枪之前,估计你也能猜出我要说什么。坦皮科……油田。你不必回那儿。如果他们成功了,很好……那些女人反正

---

* 龙骑兵即使用马匹的火枪兵。他们虽称为骑兵,但因其只是利用马匹来运输,实际还是步兵,作战时通常下马。所以他们的骑术和马匹的质量一般不如真正的骑兵。(直到"一战",德军仍然装备有使用长矛和标枪作战的专业骑兵。)——译者注

也不归你管。坦皮科……油田呗。”

约翰·卢尔德上好信号弹。

“这笔记,你就尽情记吧,一直记到死都可以……但诺克斯检察官信不信可得另说。其实不该派你来干这个。”坚定的目光从他黑色的眼中射出,衣领僵僵地立着。“你想去哪儿,我们就能去。没什么不可以。你说完事儿了,那就完事儿了。随便。‘战略的实际应用’是,你就装个没事儿人,等局势对你有利了再出手。这不就是为什么你要停在这儿,我也停在这儿的原因吗?”

按照约定,一颗信号弹表示安全,两颗表示危险,撤退。但约翰·卢尔德选择了第三种状况,就是三颗表示危险,迅速通过。斯塔林斯博士站在车上,马上命令杰克·比启动列车,准备战斗。

远远地,约翰·卢尔德看见阴霾的天空下,一缕青烟越拉越长,他知道,火车发动了。

“你……我……还有卡车!”父亲喊道,“很好,真不错……我希望条子们教给过你怎么一手拿着枪,一手爬上一辆开着的火车。”

火车队从丘陵间驶过。山另一头儿的洼地里,诡异地冒出一队骑兵。带起一阵阵飞扬的尘土,卷过山脊。子弹带在胸前上下起伏着，就如同古时的绶带。没有一个人的帽子是干净的，还有一些干脆就戴着草帽。卡宾枪、燧火枪、五连发、砍刀，甚至还有弓箭，都是他们的武器。马镫被踩得死死的，挎包在身后来回摆动，头向前使劲探着，一个个向火车的侧翼飞奔而来。

一缕缕青烟从沿着车厢的步枪口里射出。几个骑士应声跌落。阴沉的天空笼罩着火车前方的土地。约翰·卢尔德又一次拿起望远镜，仔细搜寻着，看看命运能不能再为他们预备一处重新登车的站台。

领头的火车刚刚通过一片乱石岗，又一群黑影从藏身处窜了出来。煤车和车头上的人赶忙爬起来，探出身子，把子弹倾泻到那些已经奔到近前的人身上。

其中一个身影，长发及肩，套着皮子弹带，挥舞着一捆炸药直奔煤车而来。当他被击倒时，炸药已经脱手，被他丢进了黑洞洞的车厢中。引信已经点燃，嘶嘶的声音愤怒地炫耀着自己的位置。车上的警卫连滚带爬要去够，却来不及了。

爆炸把煤车上的警卫整个震了出去。巨大的冲击力损坏了乌黑的钢轮，这列火车脱轨了。其他轮子压在土地上，立刻犁出一道道深沟。满脸皱纹的驾驶员拉了制动。所有的载荷在那一刻仿佛被抛了起来，发动机舱也因这突然的反转整个被撕烂，化作一团钢铁的垃圾，扭曲作一团，淹没在一片浓烟之中。木质的车厢撞烂了连杆，抵到了炽热的锅炉上。驾驶室里的一根操纵杆插进了反应不及的工程师胸口，把一根肋骨从他背后捅了出来。

车头震颤着，煤块滚下铁道旁的斜坡，又在下面堆成了一堆。只片刻的工夫，刚才这座全速行驶的废铁魔窟停了下来，在地上狠狠地撞出了一个洼。蒸汽的嘶嘶声轰鸣起来，一束火苗窜出。这列火车残存的部分便如喷发的火山，在最终的爆炸中化作尘埃和碎片。

这时，约翰·卢尔德正和雷本快马加鞭跑下台地，飞奔进一条山涧。他们的马吃力地爬上一个陡坡儿，从那里正能看见第一列火车在铁轨上突出的阵阵蒸汽。

第二列火车在其身后一英里处，也正加速赶来。那里的战斗还在继续，衣衫褴褛的骑兵坐在他们简陋的马鞍上，使出全力把胳膊向前伸着，扣动扳机。

约翰·卢尔德擦了擦望远镜上的汗水和灰尘，又仔细看了看周围的地形。如果后面的火车能驶过煤车的废墟，那么前面将是一排矮矮的山丘，在那个如城垛一样的上坡处，机车必定大幅减速。他扭头给雷本指了指他想到的位置。父亲的坐骑此时使起了性子，他没有理儿子，也自然是不同意他的方案。可不由分说，儿子已经打着马鞭朝日光之下乱石嶙峋的山谷跑去。

他们策马跑出山涧。面前的地面上尘土飞扬。早先那帮骑兵扬起的黄沙,沾得父子俩满身都是。现在他们也陷入枪林弹雨之中了。马儿一路疯跑,越过页岩的山脊。他们背后也冒出一队骑兵。其中一个被放倒在地后,战友的马一脚踩在他身上,停也不停,继续向前飞奔。

雷本见过的战场毕竟不少。他从衬衫口袋里掏出一颗手雷朝身后扔去。一个开花儿,让他俩的背后清静了不少。人血和马血混在一起,溅得遍地都是。武装带和上面勒下的皮肉狠狠地摔在地上,见证了他们今天的战斗。

钢铁巨兽轰鸣着驶过铁路上来回穿梭的子弹。斯塔林斯博士和工程师站在车头上,杰克·比趴在车顶边开枪边指挥着其他警卫还击。车厢里已经躺着好几具警卫的尸体,其他几个伤员挣扎着给自己包扎。外面的人狂野而不知恐惧地向一节节车厢发起冲锋。尘土和浓烟伴随着这场弹痕累累的噩梦前行了一里又一里。

工程师看了看斯塔林斯博士。“恐怕开不过去了。”

“那就先减速,”他下了命令,“把他们先宰了再说。”

“减速!”“把他们宰了。”“把他们宰了。”

工程师拉下制动。现在车上的人能感觉到自己纯粹因惯性在前进。巨大的车轮和铁轨间迸发出刺耳的摩擦声。奔涌的蒸汽通过活塞进入另一个阀门,化作锅炉中回荡的隆隆轰鸣。

一个背着弓箭的骑手跑到了车头近前。箭头上绑着一根点燃了引信的炸药。斯塔林斯博士转身开枪把他放倒在地。弓箭则一头钻进引擎和车厢之间的缝隙,在列车的另一头爆炸了。第一节车厢打了个哆嗦,窗户尽都碎裂,警卫们跌倒在地。

骑兵的疯狂冲锋迅速拉近了双方交火的距离。工程师刚还在祈祷上帝在天堂不要抛弃他,只消几秒,列车就要撞上前一辆车的残骸。

这片贫瘠的土地上,步枪的鸣响交织着伤者的惨叫被枪口的火光照亮了。车厢相互挤压着。钢铁和钢铁的碰撞声,从未如此骇人。惊恐的气息如多米诺骨牌效应从车头传导到车尾。车尾的妇女们一个挨一个趴在一起,气都不敢出一口。

父子俩走出峡谷,爬上一座土坡,铁路就在他们的下面。铸铁的巨兽撞上了先前那辆煤车残骸。蒸汽机颤抖着向前挪动着自己庞大的身躯。它身下的钢轮慢慢停下,仿佛被锁在了铁轨上,动弹不得。但当阀门转动,蒸汽又重新喷发出来,冲入气缸。保险杠缓缓向前移动。摊在铁轨上的残骸奇迹般地被一点点挤开了。火车通过了……

工程师的面色依然惨白,没有恢复,手不住地颤抖着。他看了一眼斯塔林斯博士点了点头。斯塔林斯踱到他旁边,伸手拉下汽笛。要宣示自己的骄傲和对那帮乡巴佬的不屑,蒸汽的嘶鸣声响彻山野。

现在只消个把分钟火车就会从土坡下经过。约翰·卢尔德从马上下来,仔细观察着铁轨。

“咱们从这儿跳上去。”他说道。

雷本站在他身后,看了一眼铁轨,四围乱石嶙峋,绝非什么祥瑞之兆。

“卢尔德先生”他回答,“我宁愿跑回马尼拉打仗。”

火车缓缓驶过这片乱石岗。杰克·比站在车顶,还在和最后几个骑士交火。对方也早已筋疲力尽。火车来了,近得都能看清杰克·比胳膊上的文身。

地上突起的石头对骑兵更加不利,几个没有中弹的家伙直接坠马而死。还有个把癫狂的家伙跑到了火车前头,挡在铁轨上用他们的弓箭射击。最后却被碾成一团肉酱。

约翰·卢尔德两脚腾空的时候,天上还有弓箭在飞舞。雷本只晚了几秒,但火车却开始加速了。这寸事儿惹得他把从创世至今的一切,都骂了个遍。而他唯一没忘的,就是摸了摸头顶的宝贝帽子,还在。一支箭扎在了货厢的后墙上,箭上绑的炸药嘶嘶作响。旁边是警卫的尸体。约翰和雷本正跨过联动器从一节车厢跳到另一节上。

一节一节,他们终于找到了卡车所在的车厢。父子俩筋疲力尽。脸上一片乌黑,那是汗水混杂着尘土。此时这不是父亲和儿子,也不是杀人犯和探员,而只是单纯的两个男人。劳苦奔命于这座钢铁的魔窟,只为偷取一丝幸存的希望。

父亲用步枪管捅了捅儿子,又捅了捅自己,才确信现在自个儿还活着。但命运没有给他们课间休息的时间。没一眨眼的工夫,后墙后面的嘶嘶声消失了。那根绑在箭上的炸药随即喷出万丈烈焰,把父子俩身后的货厢墙整个化为碎片。

第二十八章

约翰·卢尔德被硬生生地震到了卡车上。而雷本则滚出了整整一节车厢的距离。一颗钉子穿透了他的肩胛骨，尖头从背后突了出来。他咬紧牙关，挣扎着想要爬起来。但却只能跪在地上，四下摸索，想找个抓手，再把钉子弄出来，但却不能。慌乱中，雷本的咆哮和咒骂惊醒了约翰·卢尔德，他拍了拍脑袋，定了下神儿，爬过来，抓起撬杠把柱子松了松。

好容易爬起来，父亲喘着粗气，"卢尔德先生，我以为刚才是你捅了我一刀。"

“呃，瞧你刚刚跪着……我以为你在祈祷……”

从上一节的螺栓，到这头儿的横梁，他们前面的这节货厢已经彻底报废了，有几处暗火还没熄灭，几处明火还在燃烧。客舱里的警卫冲出来扑打火焰。约翰·卢尔德也从卡车上扯下一块油布和背上还在流血的父亲一起扑火。

这时他们脚下的地板猛地一颤，两个人都愣住了。紧接着是从下至上的摩擦声震耳欲聋。

父亲愣了，约翰·卢尔德却清楚得很。他扔下油布，赶忙跑到货厢边上，跪下，把脑袋伸进车厢夹缝里查看。车厢连接器的螺栓已经断了。其他的组件就像从海怪身上断落的巨爪，死死地吊在车厢底板上，毫无作用。

约翰·卢尔德站起身来。

“怎么了？”

“车厢挂不住了。”

车厢朝着相反的方向缓缓地加速。虽然现在列车是慢档，但只消片刻便扫过了刚才通过的铁轨，直奔山脊线而去。还在扑火的警卫眼见这一切，都呆若木鸡，愣在原地。

约翰·卢尔德跪下，把头伸出后横梁，弯下脖子，又查看了下底盘。

这时候，约翰·卢尔德听见流血的父亲大叫起来。赶忙回过身，只见父亲满脸惊恐，盯着前面的铁轨。那是一条沿山的下坡道,终点却是一片乱石丛生的山冈。他目之所见的铁轨只剩下一英里多。

“卢尔德先生?”

“用气闸应该可以……如果它还能用的话。要是不行可就……”

妇女们站在车厢门口尖叫着,不知所措。父亲的伤口疼得厉害,挪动起来颤颤巍巍的。儿子在旁边扶起他。火车抵达了消失在远方的山谷中。机车的浓烟早已变得模糊。“他们还会回来的。”

约翰·卢尔德停了下来,静静地感觉,在听——闸能刹住吗?“你知道让一列在下坡的火车停下来有多难吗?就像让雪崩重新回到山顶一样。”

“但他们不会放过这批军火的。”

“我们也不会。把妇女们聚到这里,赶快跳车!”

约翰·卢尔德走过客舱,挤过叽叽喳喳的女人。雷本则咆哮着让她们安静下来,一个接一个的跳出车厢。他或者拉她们一把,或者把她们死活不松的手掰开。然后边咒骂着她们死娘们儿,边叫她们聚拢到货厢前面。

约翰·卢尔德检查了后出口旁边的支架,他记得那里应该还有一些备用的铁链。猛然间,他感觉背后有人。是特丽莎一个人站在那儿看着他。一双机警的双眼锁着内心的沉默,脸上却浮着恐惧与疑惑的阴云。他伸出手一把抓住特丽莎。车还在滑动,气闸没刹住。

最后一个女人也跳出了车厢,她们纷纷聚拢到铁轨旁。约翰·卢尔德让雷本带着特丽莎一起跳了出去。在火车继续加速前,他们必须设法停下。铁道旁堆放着沉重的铁链。约翰·卢尔德一把抓住一头,缠在肩上。命令雷本抓起另一头儿,好利用一下链条的长度。

约翰·卢尔德打碎客舱后出口的窗户,雷本要把铁链的另一头儿堆在他脚旁。

“你这是究竟要干什么?”

约翰·卢尔德衬衫湿透,喘着粗气。他正要解释,剧痛的肩膀又把雷本重重地摔在地上。

儿子也慌了,他原打算要让铁链穿过出口,缠在出口的窗户上。另一侧也同样。然后把它们从卸货平台上抛下去。这样铁链自己就会被身后的车轮卷进去,另一头则会拉紧车厢。整个车厢就能卡死在轨道上。

父亲似乎也猜出了他的意图,“能行吗?”

“我看别人干过,但不是在下坡的时候。”

现在约翰只能一尺一尺地自己把铁链往车厢上拽。特丽莎却把剩下的铁链缠在了肩上。粗大的铁链缠在她渺小的身躯上,使她顿时化作一只钢铁的蚕蛹,挣扎着向前迈步。

“一个比一个不要命啊。”父亲喃喃着。

她显然也明白了约翰·卢尔德的计划，径直往车尾而去，顾不上其他女人扯着她的上衣和小腿，让她别去。铁链太重，压得她控制不好自己的方向，一直抓不着后车门，直到雷本又使劲站起身，追了上来，接过了她身上的铁链。

约翰·卢尔德在车厢的另一端，两手使劲比划着要特丽莎随便抓住点什么东西。雷本则把那堆烂铁终于放到了车尾。约翰·卢尔德赶忙将两头绑好。父亲把剩余的长度拉扯开来，准备从卸货平台上往下扔。

“等我说‘好’的时候，你就抓住链子这头儿，让外头的继续放。卸货平台车可能会脱线的。”

手上的铁链足有拳头粗，伤痕累累，锈迹斑斑。父亲的肌肉紧绷着好像即将上场的拳击手，约翰·卢尔德深吸了一口气，“好！”

铁链滑了下去，扭曲着卷进了钢轮。父子俩相互做了个手势，跑回了车厢里，静静听着来自钢轮的刺耳声响。那声音好像铸铁的条锯在摩擦纯钢，但却大得震耳欲聋。火星从车底迸发出来。车厢的一面墙震动得厉害。而卸货平台此时就像一件脆弱的玩具，上下颠簸起来。一眨眼的工夫，木质的车厢壁被从上到下撕裂开来和卸货平台一同继续加速冲向前方的山冈。很快，秃山之上，日光之下，它们都在乱石岗中化作了碎片。

客舱还在减速，缓缓地向前挪动着身躯，刺耳的摩擦声仿佛永远不会停息一般。终于又走过了几米，车厢停止了挣扎。

剩余的铁链懒散地躺在尘土中，其余的则都圈在车轮和车轴上。车厢静静地趴在轨道上。

马斯托登没有退回来找他们。他们就这样被扔在了这寂静的峡谷中。不知道离坦皮科有多远，若是走着去，估计一百年都不能到。四围尽是干燥的山岭，三步一岗，五步一壑。

“你看，”约翰·卢尔德对父亲说，“知道我为什么没扔下卡车了吧。”

作为一个老江湖，父亲本不愿意这样受人教训。“战略的实际应用”，往往是由他提出的。他不想松口，“我可看不出什么道道来。”

约翰·卢尔德取出一支太平斧和几根撬杠，把女人们分成两拨儿。雷本带一拨儿去把客舱的屋顶梁截断。他自己带一拨儿，去拆解道旁的货厢和支架。本可以各忙各的，可那该死的杀人犯现在又在那边教那伙娘们儿用英语唱《带我出去看球赛》，让约翰在一边得不到片刻清静。

约翰·卢尔德想搭建一个德国佬那样儿的斜坡传送器。就用十字交叉的木棍和撑杆绑在一起就行。绳子、电缆、剩余的铁链和女人们多余的衣服统统都能用上。

木架子搭好了，约翰在上面走来走去，想试试它是否够结实。父亲和其他女人则在一旁看着。

“不够完美，但只能试试了。”儿子突然说。

“卢尔德先生，我的礼貌要求我应该让您来开车，好先摔个狗啃泥。”

“去你妈的。”儿子喃喃道。

约翰·卢尔德把卡车一点点挪到货厢的边缘。他从驾驶室里探出头来看着，生怕木头架子撑不了车子的重量。雷本则像交通警察一样站在旁边挥舞着双臂，指挥车轮前一寸，后一寸地转动。车轮刚压上坡道，车头向下一沉。一旁的女人们顿时炸开了锅，惊恐万分得仿佛目睹了末世的灾难。有的喊着让约翰赶快退回去，有的则要他快点儿开下来。雷本在一旁咒骂着要她们统统闭上臭嘴，停下她们那挨千刀的叽叽喳喳。含糊不清的喊叫一股脑儿闯进约翰的耳蜗。他清了清嗓子，一脚踩下油门，心想着这帮家伙怎么就不能安生一会儿。

卡车慢慢地开了下来，前轮碰到地面的时候，斜坡尾巴微微地翘起了一些。约翰把车停到一边。一箱箱军火被码进车斗。待一伙人都上了车，约翰·卢尔德一脚油门，卡车缓缓地驶向了坦皮科的方向。

第二十九章

荒凉崎岖的土路上，卡车颠簸着向前挪动着。妇女们分了拨儿，轮流倚着车斗里的板条箱小憩，或者下车来步行。雷本和约翰·卢尔德分班开车。及至半夜，路途变得愈加艰险。身旁的荒漠一望无际，进去了怕就难再出来。

现在走在车前面的妇女都打着灯笼或提着油灯，给卡车照路。她们如点点萤火蜿蜒在崎岖的便道上，步履蹒跚地飞过一段段死阴的幽谷。仿佛千年之前的凯尔特人*缓缓走过他们的午夜祭坛。

约翰·卢尔德还在开车。艾丽西娅修女用麻线给雷本背上的伤口缝了针,她身子下面坐着的是一箱箱手雷和机枪弹。大概因为阵痛,他带着车斗里的另几个妇女用他蹩脚的英语唱着:

加油,加油,加油,我的家乡队!

拿不下球赛,可是你们不对,

一击、二击、三击,再也不能让你归队!**

现在换雷本开车了。约翰·卢尔德在笔记本里写下:你现在和我在一块儿……自己趟这趟浑水……就为了帮助那个老妇人。他在句尾大大地画了一个问号。

特丽莎和他坐在一起,挤在一堆板条箱中间,外面除了无边的黑夜和呼啸的狂风,什么也没有。

她看到这行字,然后接着写下去:我帮助艾丽西娅修女,因为她需要帮助,而且这是对的……我趟了这么一滩浑水,因为这是难免的……我和你坐在一起,因为原谅你是必须的。

---

* 凯尔特人于公元前1500年进入欧洲。德鲁伊教(Druid)是他们的原始宗教。该教崇尚自然,所以没有固定的仪式场所,常常选择旷野森林献祭。据说英国巨石阵就是德鲁伊教的祭坛之一。10月1日是德鲁伊教新年,教众需披兽皮外出游行。——译者注

** 语出《带我出去看球赛》。——译者注

他继续写：谢谢你能原谅我。

她回答：这不只是因为你。

特丽莎还没有完全意识到，她的父亲和那些在山坡上处决孩子的警卫是一丘之貉。他的过去和他的品性与先前那些让特丽莎自己反胃的死人并无二致。

她又加上一句：我很渺小，没法儿反抗这个世界……但基督在我心中，他是万能的。没有饶恕就不能与他同在。我不要被抛弃。

约翰·卢尔德又听见父亲的声音。驾驶室里，他与艾丽西娅修女和另外一个女人在一起。他叫她们一遍遍地给自己唱着《胜利之歌》*。

约翰·卢尔德看了一眼笔记本，记住了特丽莎的话。他能感觉得到她就在自己身边，如此的真实。毋庸多言，这样的饶恕不仅给了自己也一并给予了她的父亲。就如夏日的大雨浇洒在面庞，勾勒出了一条鲜明的曲线。那一笔一划都在他的心里清晰可辨。“我很渺小……没法反抗这个世界……”他清楚，此时此刻，自己也同样如此，尽管饶恕并非一个简单的选择。

车开了一宿。大理石峡谷的出口是一片短叶松的小岛。

---

* 即“Yankee Doodle Dandy”。——译者注

轮下的沙土被太阳渐渐烤热。卡车挣扎着前行,一里又一里。北方模糊而苍白的地平线上,露出一小块儿绿洲和几间小屋。

靠近塔姆茵(Tamuin)的地方,路边的沙漠中矗立着一座雄伟而高大的天主教堂,但却早已被废弃。那还是早期殖民时代的遗留。它的基石发红,尖顶高高耸入炽热无云的天空。经过它时,车上的妇女们纷纷祈祷开来,因为在上帝眼中,没有哪个角落会被遗忘。

卡车在一座废弃庄园旁的小溪边停下来。众人下车吃饭。树丛里有几座小墓,被生锈的铁丝网环绕着。风吹日晒早已模糊了上面的名字。约翰·卢尔德和特丽莎沿着小溪散步。溪水清冽,泛着点点亮光。涓涓细流,冲刷着水底的卵石,仿佛在演奏清脆的琴声。

阳光透过树叶,斑驳地洒在沙地上。雷本总感觉有些异样和不详。他看了看那废弃的庄园和树丛里一家人的小墓。他拿出一根香烟,插进沙子里。约翰·卢尔德和特丽莎走过时,他站起身来,举了举帽子,向女士致意。

"卢尔德先生,"他说道,"小心驶得万年船啊。"他笑了笑,"说不定什么时候,身死人手了也不一定。"

车又开了一个白天。夜色渐浓,月亮悬在空中。站在最高的一个板条箱的妇女远远地在月光中看见了坦皮科的影子,高声喊了起来。一个个明亮的光点，穿透海湾夜间的浓雾，显得璀璨异常。再向前行驶了一英里，他们遇到了铁路线。浓夜里一列列火车的钢轮压得铁轨吱吱作响，而汽笛的嘶鸣划破残存的黑夜，响彻整个油田。油罐的长龙一直延伸向油田的中心。

离油田越近，空气就变得愈发潮湿而闷热。现在他们距坦皮科只有12英里了，但油箱已空，雷本停下车来，把车斗里最后一桶汽油灌了进去。妇女们则趁着这个时候，点起一把火，烧了一壶咖啡又就着不多的糖烤了几个面饼。加好了油，父亲把儿子叫到一旁，走出了几米，好私下说几句话。

"卢尔德先生，我以前认识一个一级通缉犯。帕特·苏克斯。就在坦皮科认识的。那时候，我刚从马尼拉稀里糊涂打完仗回来。有一回，他跟我说'雷……'对，他就叫我雷。他说，'人要倒了霉，往哪儿走都是死路。'"

他停下来，想看看约翰·卢尔德有什么反应。但除了沉默，他什么也没得到。

"现在，军火全在咱们手上，卢尔德先生。我说咱们最好自己留点儿，不用多，够救一回急的就行，然后找地方埋起来。就跟斯塔林斯说在路上丢了。万一有事儿，咱们得挖出来把它们卖掉。你去买情报总得要钱吧……或者等咱走上了死路，总得买条活路。"

约翰·卢尔德掏出一根香烟。他没有火柴，就借了父亲的烟头。他挖苦似的瞅了瞅雷本。“我说那个一级通缉犯……后来他怎么样了?”

“睡觉的时候给人崩了。”

“我先前猜他是被毒死的呢。”

“谢谢你夸奖,卢尔德先生。得到专业人士的承认,可不容易。”

“当然了,事情往往是,你一路上殷勤陪笑,到头来,却尽不如意。”

“行了,就当奖励我这些天的出色服务还不行? 留下几箱军火吧。”

“我可不知道你什么时候不出色,也不知道你什么时候发坏,什么时候不发坏。”

石油公司的苦力在码头上劳作。脚下的路早已被大雨、骄阳并运油的载重卡车、装载补给品的马车和他们自己踩得坑坑洼洼。车斗板条箱上站着的妇女,就如同笼子里的活鸡,展览一般被拉过这片劳作的土地。卡车上,铁轨旁,人们喊着叫着,吹着口哨,想象着她们没穿衣服的样子。卡车没有停,他们继续沿着一条下坡的路离开了这里。这一切是在迪亚兹政府的宣传片上所见不到的场面。

这便是天大的反差和矛盾。这个唯利是图的无耻王国恶贯满盈。这片用武力和石油支撑的土地只懂得压榨和剥削。

“都是为了钱嘛。”雷本说道。

石油,这个简单的词可以等于一切,也可以什么都不是。

坦皮科城就建在帕努科河河畔,这条河一直流淌进墨西哥湾。城区周围尽是断断续续的小湖和沼泽。铁路的终点在城里,巨大的货场繁忙无比。河道成了运送石油的收费公路。驳船、拖船、平底船、油罐船和老式的明轮艇,只要是浮在水面上能载货的东西,一股脑都扎在这片水面之上。

当地的雨林早已被砍光或者烧光。一座座灰色的巨塔直插云霄。在普维布络别霍湖边有个地方叫做油罐村。旱地上空无一物,唯有一排排的原木和油桶连同宏伟的仓库日复一日地在烈日下暴晒着。工人却住在它周围的沼泽地里。肮脏的烂泥上,一根根木桩撑起由板条箱改造出的窝棚。沼泽地中有的水洼也被抽干,但却是为了建造新的仓库、泵房和调度站。

地上随处可见一汪汪的原油。那是为了收聚管道泄漏而挖的回收坑。现在油井矗立的地方,曾经是一片片湖泊,但如今,日光之下,钻孔撕裂大地。最常见的液体只是一坨坨炙热的沥青。湖边的芦苇上沾满了油迹,因此被压低了头。树叶也是如此,路旁的房屋,路上的马车、卡车同样不可幸免:到处都是一片污秽。黑色的油污仿佛病毒,侵染着一切,甚至地上的沙土。

空气凝重而污浊。舌头上能尝到精炼厂的苦涩,鼻孔里充满了提取站腐败的恶臭。

父亲瞅了瞅驾驶座上的儿子。他正全神贯注地寻找去阿瓜尼格拉办公区的路。“卢尔德先生,美国佬和英国佬的公司在这儿投了十几亿美金。他们可清楚有钱能使鬼推磨的道理。”他举起手臂,向他摆了一个使劲抓东西的动作。“在他们眼中……我不过是个普通杀人犯。”

卡车开过铁路站。长龙般的车厢里涌出几百名工人,他们如牛羊般被驱赶往出口的方向。这个过程叫做“套钩”。在狂欢节和集市上,总有狡猾的中介商活动,他们常被人称作“钩子商”。附近农场和山村里的乡下人总会被诸如包接包送、免费住宿和每天三四比索的工资所哄骗。当然,一旦到达坦皮科,他们就会被告知,那些约定统统失效,每天最多一比索。诚然这比他们在山里修理地球还是强一些的。可一旦把生存条件考虑进来,坦皮科可是一座名副其实的油污地狱。

父亲用手指敲了敲仪表盘,好让儿子回回神儿。雷本看见前方的墙上涂满了对美国人和英国人的咒骂与讽刺。这样的涂鸦,他们已经不是头回见到了。针针见血,墙上的讽刺,就是坦皮科的现实。

“咱们后斗上的女人,”父亲说道,“今后的命运和火车上那帮乡巴佬的不会有什么差别。”

尽管这是约翰·卢尔德第一次亲眼所见,但他早先也能猜个差不多。他本不该这么做，但还是停下了车，走到车斗后面。开始和车上的妇女解释，她们将来可能会碰到的种种遭遇。

可他发现，她们并不惊讶，也不恐惧。一个不比特丽莎大多少的女孩只是打开了自己空空如也的钱包，什么都没有说。

约翰·卢尔德回到驾驶室，重新发动卡车。父亲问他："卢尔德先生，您是否承认，其实我还是很聪明的？"

"很不幸……你确实如此。"

"你应该把卡车丢在沙漠里。你应该让那些女人留在火车上。但你现在做了所有不该做的事儿。这样下去，没头儿的。"

第三十章

阿瓜内格拉的办公室都在菲斯卡尔(Fiscal)码头上。一条挖沙船停靠在一根插进河床的打桩锤旁。码头上,油罐车往来不绝。一辆货斗上坐满妇女的卡车驶来。此时杰克·比站在一座两层小楼的卷帘门前抽着烟。他冷不丁地一惊,车上的不就是约翰·卢尔德吗?

"连招呼也不会打了?"雷本正了正帽子,从车上下来。"能不能劳请您大驾通报一声我们那位好博士,我们把卡车开来了?"

杰克·比一语不发,走进小楼去。

“不长脑子的。”父亲说道。

约翰·卢尔德走下车来,妇女们纷纷从货斗里出来。不久,斯塔林斯博士带着几名军官和警卫出来了。正如雷本料想到的,斯塔林斯毫不惊讶,依然带着他那副招牌式的冷漠表情。

他看了看约翰·卢尔德。“你的字条……对我们可不得了。”

斯塔林斯博士叫杰克·比把妇女们都整好队。然后转过身来问约翰·卢尔德他们是怎么穿过这一片山脉的。约翰·卢尔德边说着,边围着卡车绕了一圈。仿佛是突然想起来了什么似的,约翰·卢尔德又补上一句,“来这儿路上,我们丢了几箱。”

博士静静地听着。然后叫杰克·比把妇女都带到油田食堂去。“这个和这个留下。”他指了指艾丽西娅和特丽莎。

博士又命令两个警卫坐上卡车跟着他们。约翰·卢尔德坐回驾驶室时,特丽莎看了他一眼,仿佛是告别一般。斯塔林斯博士在一旁为他们指了一条沿着帕努科河的路。他抱着胳膊,一言不发,直到沿河而列的一座座油田出现在眼前。阿奎拉……国家石油……沃特斯—普莱斯……标准石油……美东海湾……海湾石油……瓦斯特卡。而这些还只是北区。

“先生们,”博士突然说,“这里已经成为一个国家了。”

鳞鳞的锅炉架、石蜡站和精炼厂房中间,散落着警卫部队长条状的营房和瓦楞顶的仓库。大门上高悬着：

阿瓜内格拉油田警卫

这些人的命运和那些火车上的人并无二致。一看见卡车上坐着斯塔林斯博士，一个个都挺直腰杆，显得警觉起来。卡车停进车库。雷本和约翰·卢尔德随斯塔林斯博士走进他的办公室。里面的布设十分简洁：一张桌子，6 台电话。博士要他俩拿出安全卡来。然后当着他们的面立刻撕掉了。

“你们不再为阿瓜内格拉工作了。”

他想等着看看他俩中任何一个人会有什么反应。那对父子之间仿佛存在着某种交流。但一种无言的直觉维持了沉默。斯塔林斯博士从抽屉里拿出一叠现钞扔给约翰·卢尔德。“你们现在自由行动。去南方宾馆，要俩房间。骑那辆摩托去。如果有人问起，记住，你俩现在已经不再为我们工作了。”

约翰·卢尔德拿起钱，装进口袋，看了一眼父亲。

“你先留一下。”斯塔林斯博士对雷本说。

现在只剩他们两个人。雷本拿出一支香烟来点上。他摘下帽子，扔到一个木头文件柜上，踱到窗边的椅子上坐下。

“那些油田，”斯塔林斯博士说道，“加起来虽不如德克萨斯州大，但影响力却不能等同而语。不久的将来，这里的公司便与一个独立王国并无二致。他们已经渐渐学会如何结为一体，从内而外。”

雷本跷起一条腿,把胳膊搭在膝盖上。“你刚才提到德州?”

“你在那儿有案底吗?”

“管他呢,就像星条旗先生爱说的……这儿又不是德州。”“这才是关键。”

他们听见摩托车挂档的声音,发动机低吟着。从窗户里,雷本能看见约翰·卢尔德穿过铁丝网,开上一条荒草枯焦的小路。

“你真信得过他吗?”

雷本暗笑。“我只信得过我自己。”“你最后会明白的。我给你那辆卡车。算租给你的。一个我认识的人能联络到其他几个人。放心,对你没坏处。我告诉他们能在南方宾馆找到你。你现在可以独立接活儿了。”“什么活儿?”

雷本的脑子高速地运转着,他在想这究竟会是什么活儿。而博士倒也干脆。“刺杀。”

雷本走出屋子。狗娘养的阳光照在他的脸上。一丝死亡的苦楚含在他的嘴里。他知道,现在再明显不过了。斯塔林斯博士就是要看着他和约翰·卢尔德去死。

坦皮科是一座由殖民总督建起的老城。随处可见拱桥、冲压的铁阳台、法式的螺旋装饰和进口的英国砖垒砌的墙垣。这一切使雷本想起了新奥尔良和那段充满满足感的生活，那时每天都洋溢着纯粹的快乐。只有自己才感受得到。

南方宾馆虽然只有 5 层，但却带有电梯。这是一座可称为豪华的建筑物。你可以在红木的吧台和咖啡桌上享受到正宗的汤姆考林斯（Collings）鸡尾酒。商人、政客们流连此地。如《高力时讯》和《星期六晚报》的记者亦驻扎此地。当然，还有被帕努科的石油吸引而来的克朗代克（Klondike）的金老大们。

约翰·卢尔德在服务台给雷本留了钥匙。房间里没有人，但能听见他在隔壁洗澡。其中一张床上，堆放着约翰·卢尔德的枪套、行李袋、衣服……和那本笔记本。雷本感到一阵懊恼，他把铺盖卷使劲往床上一扔。拿起那挨千刀的笔记本，使劲往地上一摔。同样的，又把他的枪套、旅行袋和衣服统统扔到了地板上。

他感到自己就是个失败者。约翰·卢尔德无意之间就能把自己打得落花流水……

此时，他的影子在灯光下格外清晰。他仿佛清楚地听见了自己内心的警告：停下来，保持冷漠，装作没事，管他呢……唉，那个斯塔林斯博士。卢尔德先生迟早都会把这些写在他那天煞的笔记本上的。

他又把约翰·卢尔德的东西一件一件收拾回床上。他可以现在就一走了之，什么都不再管了。这是一种可能。或者，想个办法,但得快,还要可靠。牺牲约翰·卢尔德来保全自己。

他把裤子收回床上的时候,约翰·卢尔德的钱包从口袋里滑了出来。雷本心里骂了一句,把它捡起来。钱包合页的夹缝里,仿佛露出了什么金黄色的东西。他赶忙打开钱包,看看那究竟是不是那件他立刻就联想到的东西。干燥的钱包里子已经几近磨破了。钱包里放着一个普通的小十字架。它的横梁是断的。

似乎从来没有什么东西使他如此震惊过,使他的脑子里一片空白。但这个小十字架办到了。

可能吗?

他把十字架放了回去,合死了钱包,收回了约翰·卢尔德的裤子口袋。此刻他陷入了从未有过的一团乱麻之中,甚至要自问一声,刚才自己真的看见了什么吗?

房间里只剩下了约翰·卢尔德一个人。他换好衣服,穿上另一条裤子。拿出母亲的十字架,确认了它还在,才又放回钱包,塞进现在裤子的口袋。他戴上枪套,坐在桌前准备给诺克斯检察官写信。之后,又给华兹华斯·布尔写了一封。

夜幕降临,约翰·卢尔德骑着摩托回到阿瓜内格拉油田的办公室,想看看雷本怎么了。但没人知道。但他听说那群妇女被带到警卫队的食堂去了,那儿就是她们的工作地点。他还被告知特丽莎和艾丽西娅修女被送到市长家做了厨娘。他马上又骑上摩托赶往那里——戴尔卡平特罗湖畔(del Carpintero)市长的家。

月光中,那是一座有角塔的三层楼房。外墙镶着巨大的金属装饰,山墙上有个突出的小顶,下面是摩尔式*的廊柱。楼后面大空地上有两个井架。而它附近的岸滩,也早已因此沾满了油污,如一块染黑了的肥皂。腐烂的原木和废弃的驳船停在岸边。几椽破屋和窝棚散落在那,还有一辆生锈的卡车。周围都围着栅栏。几匹马和驴子以及几只山羊被圈在里面。

约翰·卢尔德下车时,房里已经掌了灯。中厅里摆放着巨大的烛台和几幅装饰画。约么有十几个人在里面,他们喝着酒,似乎交谈甚欢。其中一个是斯塔林斯博士,另一个安东尼·海西特。约翰·卢尔德把摩托靠着一棵树停下,躲到树影里,好靠近看个真切。

市长本人是墨西哥裔。虽然此时聚会上有个明显更受欢迎的家伙。但市长却在和另一个人交谈。他穿着一件米白色的西装,留着约翰·卢尔德那样的胡子。他显然年纪更大,面相儒雅。讲话的时候常常习惯性地把大拇指插进腰带。

* 摩尔人,北非伊斯兰教民族,曾长期统治西班牙部分地区。因此摩尔式建筑成功地融合了基督教艺术和伊斯兰教艺术,长于光线、水和拱门的运用。——译者注

厨房的灯光照亮了灶台的一角，几个厨娘正忙里忙外。在一个角落里，特丽莎正抓着一只炒锅，艾丽西娅则在照看炉火。隔着一扇纱窗，他朝一个老妇人喊了一声。她吓了一大跳，然后回头看了看通向门厅那扇关着的门。他们说了几分钟话，然后老妇人进去拽了拽特丽莎的头发。

特丽莎出来了，身上缠着一件长及地面的皮围裙，袖子湿湿的。见到约翰·卢尔德，她显然无比兴奋，但却又因为这身行头而有一丝窘迫。约翰·卢尔德从笔记本上撕下一张纸。

你还好吗？如果有麻烦到南方宾馆找我。

他正要把纸片塞给她时，她却微微撑开一点纱门，要过铅笔。在同一张纸上使劲地写下见到你真好。

这时一个人从后房子后面走过来，边招呼着，要打开门厅的门。约翰·卢尔德赶忙把纸片塞进她手里，跑回黑影里。而就在他们刚才交谈的一会儿，约翰·卢尔德听见了隔壁的几段谈话。大部分内容是关于市长和他那顶乌纱帽在这场革命中的去留。

沿着墙，约翰·卢尔德发现了一间地下室。大致就在他们刚才的房间下方。他猫着腰走下倾斜的入口。他看了看，里面有两个人，在油井吊架的旁边。他们的香烟发出微弱的火光。约翰·卢尔德看了看门闩，走过那扇饱经风霜的老门。他歪歪扭扭得走下坡道，探进里面的黑暗之中。地下室里肮脏不堪。

地板上足有几寸高的污水。约翰·卢尔德不得不每迈一步都谨小慎微。

在下面,能清楚地听到楼上穿靴子人的每一个脚步,和他们移动椅子的声音。这个又黑又臭的地洞仿佛一架听诊器,接收着来自上面的每一句谈话。

第三十一章

离开宾馆，雷本走在大街上。铺盖卷扛在肩上，就像一个无所事事的流浪汉。他试图忘记从埃尔帕索到现在的每一天，每一件事，每一小时，甚至每一分钟。但却只是徒劳……

“有些时候，卢尔德先生，我得承认，似乎从我一出生，你好像就认识我。嗯？”“是从我一出生。”

会不会约翰·卢尔德现在还不知道我是他父亲？他多希望这能是真的。那个住在南方宾馆的小子是他的儿子，他的亲生骨肉。但他可能早就从自己的记忆中清除了这个父亲。这很荒谬，再愚蠢的笨蛋也不能忘了谁是他爹。可事实上，他似乎就是能忘记，这让雷本实在愤懑不已。这让此刻的他自己感到前所未有的脆弱、恐惧和羞耻，而这些又是前所未有的真实，让他无法回避。

他停下来，看了看身旁商店的橱窗。他的身影映在上面，被煤气灯染成一片昏黄。他摘下帽子，理了理头发。他在找自己的儿子，但他的儿子此时在宾馆的房间里。他是一名探员，他抓到了自己；他奔袭千里，让自己原形毕露；是自己把他扛到女人那儿，救了他一命；而他现在掌控着自己的命运。就是他，自己几个小时前还想宰了他。约翰·卢尔德同样也未曾想到过，他们竟是一对父子。看着自己在窗户中的影子，他突然又想起了，华瑞兹殡仪馆里的那一幕，他和儿子面对着灵车的玻璃，盯着对方的倒影。他赶忙走开……再也不能面对窗户里的自己。

那晚还是周末。喧闹的街道上车水马龙，游人如织。情侣们十指相合，谈笑风生。在街上，能看见阳台上的人们或三五小聚打着扑克，或沉浸在留声机的曼妙旋律里。小贩在道旁叫卖着冰激凌、矿泉水和各样甜食。雷本独自走在这样的大街上，心里却空空如一片穹苍下的旷野。

约翰·卢尔德以前改过名字。雷本想着，同样的，我也改过名字——报应啊。但这好歹也是个共同点。但对他而言，这一点也不好笑。

他走近海滩。他看着退潮的海水在油腻的沙滩上留下一簇簇的泡沫。他看着那浪花渐行渐远。沿着海滩木道,一片赌场点起了彩灯,把雷本陷在一片琥珀色的薄雾中。

雷本的妻子以前把那个十字架钉在墙上,上面还贴着一张画着法国卢尔德风光的明信片。里面有一个和圣母像一同站立的幼童。雷本告诉她:"愿圣母保佑你胜过她自己的孩子*。"

她曾经无数次祈祷,希望自己的丈夫能改邪归正。而他却满不在乎,还嘲讽似的向那十字架开了一枪。打坏了它的横梁。

她从地上捡起它来默默地站在他的面前,站在那个被他们称之为家、到处充满烟臭的小屋里。她指了指那小十字架的横梁。一头断了,另一头还在。"和基督同钉十字架的有两个强盗,你想做哪一个?** 这是关乎我们一家的选择。"

想到这里他明白了,约翰·卢尔德这个名字原来并非和自己无关。他转身离开了海湾,不知不觉,他已经走了很远。赌场里,管弦乐团在齐声鸣奏。透过敞开的法式大门,能看见里面

---

* 圣母的孩子就是被钉死在十字架上的基督。——译者注

** 基督耶稣在被钉十字架的时候,与他一同钉在十字架上的还有两个强盗。其中一个在临死前向耶稣忏悔皈依,而后灵魂升入天堂。另一个则致死不肯认罪悔改。——译者注

衣着光鲜的男男女女翩翩起舞。

雷本站在海滩木道上，累累若丧家之犬。突然，他异乎寻常地走进了其中一扇豪华的大门，径直步入舞厅。脱下帽子挂在衣帽架上，铺盖卷则往一张空桌上一扔。

人们很快就注意到了这个邋里邋遢，流浪汉一样的人物和他腰带里插着的枪。他环视四周，最终目光落在几个正独自听着音乐的女人身上。她们看见雷本径直走过来，便慌了神儿。其中有一个和雷本年纪相仿，一头乌发，皮肤黝黑。

“您好。”雷本说。

她犹豫着把脸转过来。“您能和我跳支舞吗？”此时，她的同伴们都惊诧地看着他们。

“我清楚我的外表，但是我举止优雅，”雷本继续说，“而且舞技高超。”

不管是出于什么，情愿或不情愿，她还是同意了。被雷本拉着，走过窃窃私语的人群，步入舞池。

音乐重新响起，灯光曼妙，换作他人早已沉醉其中。而雷本却不能。她看着他的脸，并不慌张，亦不是那样评判的眼光。雷本的面庞此时就如同“痛苦”的辞条。泪水很快溢出了眼眶。“先生，您……”

“我……我今天见到了我儿子。15 年没见过的儿子。”

“您应该高兴才对啊。”

“是我抛弃了他们母子。她的皮肤和你一样。我还不懂得去好好爱她,她就死去了。”

仿佛这是听到他人灵魂深处的呻吟,她变得有点窘迫。她想多少说点安慰的话。

“也许您的儿子会原谅您,也说不定。”

“不,你看……我的儿子其实知道,我不过是个江洋大盗。”他俩停了下来。他看见她满脸迷惑,但却并不恐惧。雷本向她道了声谢,便转身走了。

约翰·卢尔德坐在宾馆外的咖啡座上。父亲回来的时候,他正盯着3个人,同时往笔记本上记着东西。他吹了声口哨把他招呼过来。“你哪儿去了?”

“跳舞去了,卢尔德先生。”

儿子朝他凑了凑。“入口那儿有3个人。看那个穿着白西服的。”

而父亲此时正打量的却是这个身旁的陌生人,一个认识的陌生人。过了一会儿,雷本转过神儿来,看见入口的烛光里,有3个人凑在一起。

“穿白西服的那个叫罗伯特·克里莱(Creeley)。在美国驻墨西哥的一处领馆做事。和他在一块儿的那两个,”约翰·卢尔德看了看笔记,“分别叫海顿(Hayden)和奥尔森(Olsen)。和克里莱住隔壁,但还不知道他们的底细。”

父亲转过脸又看了一眼自己的儿子。

“我买通了一个招待……从你那儿拿了点儿钱。”“干得好,”父亲说道。

“他们三个今晚去过市长的家,那时还有其他几个人……就包括斯塔林斯博士和安东尼·海西特。”

雷本向后坐了坐,盯着桌上跳动的烛火。他想,怎么又是斯塔林斯,这个人怎么无处不在。

“你在听我说吗?”

“听着呢。”父亲回答。

“斯塔林斯怎么了?”

他继续问道:“你到市长家又干什么去了?”

“斯塔林斯把那女孩儿送到那儿去当厨娘了。我去看看她。天哪,市长家里聚了十多个人,聊得不亦乐乎。这还能是什么?”

约翰·卢尔德像是在问自己,但父亲却替他回答了。“这是该隐打算杀亚伯了。”

似乎是这样说还不太明白,约翰·卢尔德正想仔细问问雷本,而招待这时走过来。“卢尔德先生,您等的电话来了。”

约翰·卢尔德给了他一些钱,便起身。“咱们走。”父亲则喝掉了约翰杯子里剩下的啤酒才起来。约翰·卢尔德走到电话前,边交谈着,边往笔记本上记东西。

父亲在吧台另一头等着。在那儿他能看见克里莱和另外两个人。他正盘算着是不是要把博士跟他说的话告诉儿子,怎么告诉。他清楚,这对约翰·卢尔德可是性命攸关。

他又看了看自己的儿子。这么多年来,他一直在想,自己究竟还会不会见到自己的儿子,会在哪儿。而这一切竟然已经在埃尔帕索发生了。"手不离枪,眼不揉沙,如果还想活命的话……"他以前就这么说过。

约翰·卢尔德打完了电话。"卡车还在吗?"

"在。"

"开过来,咱们在前面碰头。"

约翰·卢尔德背着一支猎枪和小背包登上卡车。雷本看见了猎枪。儿子已经把目的地写在了笔记本上。"阿尔沃尔格兰德(Arbol Grand)。知道路吗?"

"知道。"

卡车沿着电车道行驶着。走了不久,就能看见灰蒙蒙的粉尘飘在空中,那附近是标准石油的精炼厂。驾驶室里,约翰·卢尔德整理了一些他在地下室里偷听到的内容。坦皮科的市长因为站在现政府一边而受到死亡威胁。所以他才四处求援。而他的求援简直就是另一轮对他人的要挟。他将自己的命运和油田绑定在一起。他暗示新政权可能在石油问题上会有重大的政策变化,不论是行政上的,还是财政上的。他无法保证石油巨头们那时还依然会享有今天这样的优厚条件。同时,他还提到了“美方直接干涉”。这显然也是保证他安全并控制局势的一种办法。

至于住在南方宾馆的那个克里莱则告知市长,令美方直接干涉绝非易事,而非官方的方式则更有搞头。

雷本听了这些,感到后背一阵发凉。这一切听上去就像当年在古巴和马尼拉*发生的事情。到处都是阴谋。但雷本只回答了一句话:“拿好你的枪。”

约翰·卢尔德看了一眼大腿上的猎枪。“我们今晚出来,本来就是要办点家伙去。”

---

* 1898 年 4 月 23 日,美国借古巴殖民地起义之机,与当时占领古巴的西班牙殖民者开战,并扶植了后来执政古巴的亲美政权。同年,4 月 27 日美国海军封锁菲律宾马尼拉港,全歼港内西班牙舰队,趁机“解放”马尼拉,并同样扶植了当地的亲美政权。——译者注

第三十二章

帕努科河沿岸笼罩在精炼厂的烟雾之中。沿河的房屋一栋栋延伸向远方，一直消失在一片模糊之中。他们驶过一条连接帕努科河与小湖的运河。那是一片灰蒙蒙的荒凉。约翰·卢尔德用灯照了照笔记本。“就是这儿。”

雷本把卡车停在一片高高的芦苇丛后面。边检查着自己的枪，边焦急地问：“谁接头儿？”

“是谁重要吗？”这个问题点到了关键。“不。”

他们坐了一会儿，谁都没有再说话。

“为什么是我们？”父亲打破了沉默。“你自己想过吗？”

“想过。”

“我们的那位好博士为什么不直接给我们武器？那样不就结了？你问过你自己吗？”

“问过。”

“那你想出了什么好答案？”“没有……但是我相信答案已经在射程之内了。”儿子关掉灯，点上一支烟。父亲从卡车里出来一起等着。

“你是在埃尔帕索长大的吗，卢尔德先生？”“是的。”“是城里还是郊区？”

“城里。”

约翰·卢尔德下车走进芦苇丛里。除了烟头的一点火光，雷本已经看不见他的身影。

“那有个工厂吗？”雷本故作随意，“一个缝美国国旗的。我以前就住在那条小街上，离工厂不远的地方。你认得那儿吗……那个工厂？”

“好像是。”

“现在那儿只剩个电话亭了。街角上有一家当铺，另一边有家枪店。我就在那儿买了这把萨维奇，然后就……交上了你这趟好运……他妈的算和你绑一块儿了。”

他犹豫了。夜是如此的静，只听得见运河的潺潺流水淌进了帕努科河。作为一个男人，父亲感觉自己就像一个残废，哪儿都是不上劲,四周都是棉花一般。

“我的妻子死了,但是我还有个儿子。您觉得该怎么办,卢尔德先生?如果我回埃尔帕索去……我还能去找他吗?你知道我是个什么身份,我能吗?”

烟头的火星闪着亮光,但那夜的黑暗是如此凝重,丝毫不为所动。任它发出仅有的一点点亮光,就如中天的星星。

“我自己都不知道怎么办,卢尔德先生。中国人说得对,沉默是金。我无法忍受又如何是好……”

他们走到已经干枯的芦苇丛中间。谁都没有说话,仿佛整个旷野上,只有自己一个人。湖面上隐约传来发动机的声响,并且越来越近。

“汤姆·斯威夫特(Tom Swift)开船来了,”父亲说道,“这儿就只有他那条破船。”

约翰·卢尔德掐灭香烟。让雷本回车上,把灯朝湖面打开。这时有人用西班牙语喊着“老板”。

约翰·卢尔德回答后小船便熄火停靠在了岸边。

约翰·卢尔德和雷本又从侧翼向河岸边走了几步。船上有两个人,一个跳下船来,自报家门。他叫梅查瑞哥斯(Mazariegos),身手麻利,目光锐利,一口英式发音。灯光照射下,船上的那人隐约好像是市长本人。而梅查瑞哥斯对雷本耳语几句,说明了那就是市长。

梅查瑞哥斯拿着一盏提灯。他戳了戳火苗,把灯举得高高的。他正要开口,雷本他们来这里的路上跑过三匹马。踏起一片潮湿的灰尘,消失在河岸柳树的阴影中。马上的人都装备精良。

现在约翰·卢尔德和雷本可以流利地用西班牙语和市长讲话。于是梅查瑞哥斯就只有干看着的份。军火的价格已经由别人敲定了。要说的只是地点和时间。“地点”就在小湖和运河的汇合处。游击队会开船过来,如果有麻烦,也有路可逃。

“时间”则是明天晚上。约翰·卢尔德正要答应,雷本打住了。他要求3天之后再进行。多余的时间必须用来确保他们能安全撤离。双方都很坚决。最后只好由梅查瑞哥斯定下一个折中的两天方案来。

“市长想要的就是安全,”雷本说,“所以斯塔林斯博士保证他可以远离那些军火商的威胁。”

小船走后,父子俩呆在卡车旁坐着。有些事情,一个人猜不透,另一个人却把握十足。

“卢尔德先生,你其实既不圆头滑脑,也不是个愣头青。”

“再自私点,再讨厌点,我就够你的标准了,是吧?”

“别打岔,卢尔德先生。”“我有吗?”

父亲转过身来,一把抓住儿子的衣领,虽轻蔑但并不愤怒。“我想我能解决我们所有的问题。你去拿武器,你要想方设法让他们十分确信你跟他们是一伙儿的。使上你所有的本事。一送走他们,我们就从背后把这帮家伙统统撂倒。你觉得这怎么样,卢尔德先生?”

“听起来……还可以。”

“用小拇指想想就知道,有人活不到感恩节了。卢尔德先生,你说过,你听见市长实际上是在用威胁另一方的方式来换取一方对他的保护。他这是摆明了在玩儿火。要我说,谁都放不过他。实际一点的……就是当地的秩序,也唯有这才值得干涉。那片油田太值钱了。”

回南方宾馆的路上是约翰·卢尔德在开车。他静静地思考着什么,而雷本则同样安静地打量着自己的儿子。路边的几座房子还亮着灯。雷本看着自己的儿子。他还很单纯,没有那么浓重的江湖味道。还没挨过这狗屎世界打来的鞭子。

此时街上已经没有什么人了。宾馆里刚还嬉笑的情侣都躲进了僻静的角落,钢琴师还在酒吧里弹奏着轻柔的曲子。在走廊里,雷本抓住约翰·卢尔德的胳膊,想和他多说几句话。

“离开这儿,走得远远儿的。忘了这里的一切。这就是个沼泽,是个泥潭。卢尔德先生。这趟子事儿不会就这么遂了你的愿的。相信我,无论怎么着,我见过的世面都比你多。”

说罢,雷本到吧台上点了杯最烈的威士忌。一个人喝起闷酒来。他感觉自己的人生现在走到了这样一个连自己都读不懂的境地。谈不上好,说不上坏。只是混乱。他的儿子永远不会认他,他也永远走不出来。他想证明他自己,他也不想就这样随便算了,不是说这样对或不对,而是因为约翰·卢尔德想要,他就不自觉地想给。

几乎是一杯纯酒精摆在雷本的面前。约翰·卢尔德回来付了钱,坐在了他的身边。儿子从没见到父亲如此时这般苍老又疲惫过。

“我们本来可以明晚行动,你为什么要多加两天?”

父亲抿一口威士忌。把杯子放到一旁。“我想多争取一点时间,我想你能改变主意。”

儿子把胳膊撑在红木的吧台上。隔着酒杯瞅着他。

“卢尔德先生,一百年后,也会有两人像我们今天这样坐在这。一个是调查局探员,就像你。另一个就是普通杀人犯,就像我。他们在另一个叫马尼拉的地方或墨西哥的地方。他们眼前的烂摊子和我们的一样。”

“现在有两个政府,卢尔德先生。两个,一个控制着白宫,另一个控制着白宫外面的东西。”

约翰·卢尔德转过脸来,拿起父亲的酒杯,喝了一口。

“卢尔德先生,你真的认为他们就会让这批军火顺顺当当地送走?”

“至少不会使全力。”

约翰·卢尔德放下酒杯。父亲从他的声音和眼光里仿佛看出了一丝儿子的态度。唉,雷本知道,这就是自作孽不可活啊。是自己抛家弃子,于人伦不顾,也许是报应吧。“他们肯定知道你脑子里打算的那东西……你可以管这叫愚蠢的行动,也可以就叫什么武装干涉……但诺克斯检察官肯定没这么打算。”

儿子用手指蹭了蹭下巴。他似乎在搜肠刮肚想找些话来回应。“不论怎么样……总要做正义的事情。”

“卢尔德先生,正义是管吃还是管喝?或者能当免死牌用?”

儿子朝父亲那边凑过去,近得在灯光下只投出一个影子。“你在运河边说的那些话,我都听着。”

父亲感觉此时心都提到了嗓子眼儿上了。

“早先我们在营地那会儿,你跟斯塔林斯说的那些,我也都懂。”“是吗?”

“我怕我动真格的,你倒受不了。”“好吧,卢尔德先生,那就悉听尊便了。”

约翰·卢尔德站起身来。“我会把我的信念强加于你。不是作为一名探员……而是作为一个男人。这就是我的方法。”

约翰·卢尔德又拿起父亲的酒杯,一饮而尽。把杯子往吧台上倒着一扣。“老板,拿走!”

他拿起行李袋和猎枪要往外走。

“卢尔德先生。”

他转身又停住。

“你从来没有喊过我的名字。我记着的,从来没有。”

“我从来不想。”

父亲点了点头“好吧……”

第三十三章

那天晚上，有飓风从墨西哥湾登陆。第二天早上，暴烈的巨浪夹杂着沙子卷向河岸，船只根本无法通行。沿着帕努科河码头，露天市场蜿蜒延伸了几个街区。很多小房子都只有简易的瓦楞顶。雷本站在一个贩卖咖啡和茶叶的小门面外。加上那家的自酿啤酒，这三样儿是他最爱的饮料。但此时他在等斯塔林斯博士，等他出现在身边这条泥泞的小路上。

博士来了，穿着长长的黑风衣，逆着风向，斜打着伞。雷本倚着一张海报，喝着热腾腾的咖啡。两个人都没有发话。斯塔林斯甩掉雨伞上的水,收起来,问道:“你是打算说说昨天晚上的事儿吗?”

雷本没有回答,只是自顾自地在那儿喝酒。

雨下得更大了,水滴砸在瓦楞顶上,梆梆作响。煮咖啡的炉子加热了房子里潮湿的空气。加上水蒸气的氤氲,房子里一片朦胧。

雷本开口了。“记得在火车上的时候,你提到过一些关于我的东西。”

“我们现在不正要谈这个吗?”

“成就感和尽头,”雷本接着说,“就是嘛。我们会谈到昨天晚上的事,我想先问问你……所谓的尽头。”

此时,约翰·卢尔德坐在房间的写字台前写一封信,给那实际是他父亲的男人。他看了看窗外的暴雨和帕努科河上翻腾的浪花,他在等雷本回来。那天早上,他冒雨骑着摩托又跑了一趟油田。劳工们浑身肮脏潮湿,那些妇女被锁在防水布围成的简易食堂和令人窒息的仓库里。原住民被摇晃的牛车和马车拉到各个工地,干着最肮脏的工作,得到的却是仅可果腹的食物。封建和腐败笼罩着这片土地。而正是这些,使他的母亲下决心逃往美国。正是这些让她挤上卡车,踏过格兰德河的荆棘,身无分文地住进一间烟熏火燎的小屋里。全是为了获得承诺过的自由和机遇。

那时他骑在空挡的摩托车上，想到自己的母亲，也想到了同样生活在这片土地上的迪亚兹和他的走狗如何鱼肉着一方百姓，在世人面前勾画出一片虚假的繁荣。雷声阵阵，约翰·卢尔德感到自己其实还走在母亲的道路上。他不仅是母亲希望的继续而且还要继续见证她所梦想到的自由和机遇，不，不只是见证，乃是奋斗！

一道闪电闪过，把约翰·卢尔德的思绪拉回眼前的这封信上。他写完信，装进了信封，喝了口啤酒，点上一支烟，静静地看着码头上的暴雨。一直等到雷本回来。

雷本摘下湿漉漉的帽子摔在写字台上。外套挂在柜子门上。一屁股坐进房间另一头一把带软垫的椅子里。一句话也没有说。

“去见市长了？”

父亲突然使用了一种很谨慎的语气，仿佛是害怕自己的话会引起他可能的一些不必要的反应。“我们黄昏时候把军火装车。然后按约好的时间地点送去。把来接货的人都干掉。然后我们去市长那。那有一个安全的谷仓，东西可以放那。”

“什么？”

“我们把军火放那。那时市长应该在家。我们也杀掉他。我们要把房子里所有的人都宰了，不留活口。”

现在全明白了。雨打在窗户上,叮叮当当的,仿佛带着时间的重量。

“我相信斯塔林斯博士往市长家送那几个厨娘的时候就知道他脑子里的打算。他们在路上的表现就足以说明了。你也是。我们的博士朋友问过我,我是不是真的能信任你。”

约翰·卢尔德转过身来。“然后你怎么说的?”

“我只信得过我自己。”

约翰·卢尔德在头脑中迅速把事情过了一遍。“你这样就算是把我列上灭口名单了吧。”

“换了你又能怎么说呢?”

约翰·卢尔德摇了摇头。是的,这是唯一的“战略实际应用”。

“如果你舍不得那个女孩儿,可以不杀她。让她滚得远远儿的。卢尔德先生,这应当是大喜过望了吧。”

约翰·卢尔德站起身来。把信封压到父亲的铺盖卷底下。

“什么东西?”

“一封给诺克斯检察官的信。我已经承诺了内容的真实性。我的笔记也在里面。”父亲长舒了一口大气,他看了看信。“我把在殡仪馆里的那卷胶片也放进你包里了。”“铺盖卷儿里?”

父亲侧过身来,抽出信封,但是却没敢打开。他又看了一眼儿子,眼睛里流露出的却是坦率和真诚。

“信上说你所做的已经足够被赦免。我要确认我的笔记能安全送达。所以我留给你。”

父亲正试图想明白这是怎么回事,儿子发话了,“昨天晚上在酒吧。记得吗?”

约翰·卢尔德走回桌边。拿起一瓶打开的啤酒,又喝一口。

“卢尔德先生,你为什么要这么干?”

约翰·卢尔德往窗外看了看。“你已经得到你想要的了。我留下就行了。”

“我不是问这个。别装蒜了,卢尔德先生。”

不说清楚自己是谁,雷本又怎么说清楚这些事情?一个聋女孩又怎么能用短短几个词给予了他彻底的原谅?他怎么张得开口,去告诉他那个被他遗弃的女人是他的母亲?因为母亲虔信的是永恒而非尘世,所以自己就能得到原谅吗?他如何去言说他自己内心的那个角落。在沙漠中那个死人堆里,自己这个杀人犯还听得下去摇篮曲。自己是这样一个能编得出“不让鳄鱼冻死,所以把它们从公园偷出来”理由的恶棍。为了给自己求条生路而罔顾世间的一切。一团乱麻。

“卢尔德先生……你为什么要这么干?”

约翰·卢尔德边转过脸来,声音很坚决,仿佛不容置疑的样子。“永远别想着再问这事……拿上信，走吧。”

父亲看了看信封。他感觉到，在儿子心中，他已经被彻底驱逐出来了。里面的一切都在他手上，他心里已经空了。儿子是对的。自己以前把他伤得不能再重了。

“悉听尊便，卢尔德先生。”

一个人的时候，眼前的这个黑洞一直在约翰·卢尔德的脑子里盘旋。离开房间，他检查了卡车，确认有足够的汽油以供撤退。入夜后，他冒雨把车开到了市长家，自己躲在一片湿漉漉的树丛里。当艾丽西娅修女从厨房里出来要往熏制房里去时，他悄悄地跟在后面，一把抓住她，捂住她的嘴。等她冷静下来，约翰·卢尔德塞给她一张纸条，并让她发誓绝不告诉别人。因为那是给她也是给特丽莎的。她们必须相信，也必须等待。

想睡觉是不可能的。他得赶快准备进行下一个步骤，想出一个逃生方案。此时父亲的影子一直在约翰·卢尔德的脑海里打转，一言一行，历历在目。

因为下雨，没有所谓的黎明。因为乌云，也看不到太阳。没有黄昏，只有一片肮脏的泥泞。

卡车又停回了南方宾馆后面的小巷。约翰·卢尔德把旅行包扔在驾驶室的地板上。猎枪和步枪搁在身边。他发动引擎，掐灭手里的香烟，挂上档，穿过一片雨雾，朝大街开去。自从那个是他父亲的人走出门去，他的神经就一直高度戒备着。

他的警惕没有白费，因为车后面确实有尾巴。约翰·卢尔德刹住车，从卡车身后阴影里走出来的，正是雷本。他走到驾驶室旁，声音很平静。“卢尔德先生，我知道我是什么人……我也知道你是谁。我只是请求你……在车上给我留个座儿。”

一丝突然而又难以察觉的颤抖划过儿子的面颊。他知道，不出意外，不会再有这样的见面了。如果现在自己这样走了，要见到他，以后恐怕想也别想了。约翰·卢尔德什么也没说，侧身挪到一旁的座位上。而父亲则把他所有的一切，就是那个铺盖卷往车上一扔，爬到驾驶座上，重新发动了引擎。

第三十四章

穿过油田的道路泥泞不堪。石油井架隐隐约约矗立在远方的蒙蒙雾气中。阿瓜尼格拉很是安静，此时的警卫不多。作为任务承包商，雷本他们已经获准通过，并把车停到一座冰库旁。没有提货单，没有签收条，没有任何装卸文件。一切都是匿名行事。军火被一件件机械地装上卡车。

父亲问约翰·卢尔德今晚究竟怎么行动。儿子说，他已经通过纸条告知了那两个女人，让她们准备好今晚离开，唯有如此她们才能活命。同时他也会警告市长，把他弄出去。然后送走军火，再逃出坦皮科。

“你是对的。”儿子又加了一句。

“什么对的?”

“诺克斯检察官所真正关心的事情。我的性格和……‘战略的实际应用’。你都说对了。”

雷本此时仿佛终于能看懂自己的儿子了。“不论现在的境遇是好是坏,这个世界都充满了诡诈,卢尔德先生。其实我自己也在等待最后的审判。”

约翰·卢尔德看了一眼父亲。“你想要说些什么,是吗?”

“用不着我说,你就能知道。”

坦皮科的港口远远地隐藏在雾中。河水又黑又浑。住户的灯光成了他们的路标,卡车沿着深灰色泥泞的街道前行着。“我在马尼拉的时候,那会儿,叛乱分子临时准备袭击一个叫劳顿(Lawton)的美国将军的葬礼,用炸弹。因为葬礼上名流显贵云集。他们想以此制造事端。这不正是斯塔林斯和其他人正在做的吗?为了引起武装干涉。”

“换你怎么办呢?”

“若是按‘战略的实际应用’……那几个女人和市长恐怕难逃一死。”

之后事情进展得很迅速。儿子在车上等着,父亲拿着猎枪下车去。井架附近只有几个工人。有他们在很麻烦,但是由于有一支黑洞洞的枪管正杵着自己，他们也不得不“礼貌地离开附近”。当他们穿过高高的芦苇丛四散向湖边逃窜时，儿子开始行动了。

很快他们赶到市长家。家中的佣人们一片惊声尖叫，父亲则抓住一个舌头，得知市长正在他的专属浴室里洗澡。约翰·卢尔德把艾丽西娅和其他妇女集合到一起赶上卡车，然后抓着特丽莎的手，把她拉到房子外面。

如果一个暴徒手持猎枪闯进浴室，换谁都得吓个半死。市长也不例外。此时，他就像一只受惊的鹦鹉颤抖着蜷缩在角落里，双手使劲捂着自己的命根子。雷本一把抓住他的头发，把他从水里狠狠地拽出来。“瞧你现在这副德行，也就还记得裤裆里那根把儿？”

市长跪在地上，双手抓着雷本不住地求饶，求他放自己一条生路。雷本把他生生拖出浴室，朝他大吼了几嗓子，好让他闭嘴，也让他知道自己趟了多大一滩浑水。

约翰·卢尔德撞开纱门，把五个妇女和一个男仆送上卡车。雷本也将市长一并拖了过来，赶上了后车斗。他依然一丝不挂，浑身湿漉漉地打着颤，手里紧紧攥着一件背心和一条内裤。

雷本走到房子后的畜栏，拉开了栅门，朝天放了两枪，赶跑了里面所有马匹、山羊和驴子。“你们这群贱畜生，迟早要谢谢我。”他自言自语道。

他回到卡车上，把猎枪扔在驾驶座旁边，捏了捏手掌，看了看儿子。“给我的？”

约翰·卢尔德递给他两捆刚刚绑好的炸药。

“卢尔德先生，看来我们得在这儿放回焰火了。”

约翰发动了卡车。整个车身像跷跷板一样来回震颤着，发动机嗡嗡作响。雷本点燃一捆炸药的引信，扔进厨房里。又赶快跑过井架旁油腻腻的斜坡，把另一捆固定在它的底座上。

第一捆炸药爆炸时，卡车已经驶上了土路。不到一分钟后，房子旁边的油井也爆炸了。冲天的火焰穿透夜间的浓雾，足有六七十米高。引燃的石油大把大把地将炽热的烟灰洒向旁边的房屋和小湖。市长颤抖着，想穿上裤子，腿却总也塞不进去。雷本把头凑近他说，“嘿，市长大人……好好看着点儿，那儿着火了。就官方来看，你和你的人现在都死了……感觉如何？”

雷本把卡车开进湖边一人多高的芦苇丛中。那里是小湖和运河交界的地方。他们用棍子把一只灯笼高高地撑在半空中。那是他们接头的信号。

约翰·卢尔德最终还是想回到德克萨斯，所以他给特丽莎留下了华兹华斯·布尔和调查局总部的地址。

特丽莎只有16岁,只身旷野,身无分文。他舍不得这样的分离,紧紧抓着她的手。特丽莎看着他的脸,情不自禁地倒进他的怀里,吻了他。

周围一片漆黑。只听见雷本突然喊了一声“船来了”。

其实根本看不见船,黑暗中只有愈来愈近的马达,有节奏地响着。约翰·卢尔德抠了抠耳朵,揉了揉眼睛,伸出手指着远方的湖面。特丽莎也朝那望去。两个人十指相合,谁也不愿松开,直到船真的划破死一般的黑暗,出现在眼前。特丽莎朝他要了铅笔,写下:“我会找到我的路,你也会的。”

雷本一个箭步跳上船去,赶忙和上面的人解释芦苇丛里藏着的那群人是怎么回事。约翰·卢尔德掏出钱包,把那个破碎的小十字架塞进特丽莎的手中。她又想起了那一夜,那是在华雷兹的教堂里。船已经靠岸了,没有必要,也没有可能再多说什么了。

在阿瓜尼格拉的办公室里,斯塔林斯博士接到了井架爆炸的报告。电话那头还没来得及告诉他是坦皮科的北岸,他脑子里早就猜了个差不多。他赶忙叫杰克·比召集一队人马,开车火速赶往出事地点。

等他们到了,房子只剩几块砖头。井架彻底炸飞了。后院的废卡车还温热着。油井还不时朝天上喷出几束火苗。博士抓住一个跑走的井架工。他描述了那个拿猎枪人的长相。是的,那个戴帽子的家伙还能是谁呢。

斯塔林斯博士让杰克·比和几个人下车到湖岸周围去搜寻尸体。在房屋废墟的另一边稍远的地方,还有间仓库。因为风向的缘故,它成了这附近唯一幸存的建筑。斯塔林斯和几个人使劲撞开仓库的门闩。里面一片漆黑,弥漫着刺鼻的烟味儿。斯塔林斯他们赶紧用手蒙上口鼻。此时斯塔林斯博士想起了雷本的那句话,“我想先问问你……所谓的尽头。”

第三十五章

父子俩目送那两条平底船带着军火、妇女与瑟瑟发抖的市长和他的男仆消失在一片夜色里。“昨天，他指望着这群游击队能救他的命。今天他也成了他们一员。这……正是所谓的‘战略的实际应用’啊。卢尔德先生……我有时候跟他很像，当然我的命根儿比他的大多了。”

约翰·卢尔德静静地听着远方的马达声和螺旋桨带起的点点水波。它们消失了，他坐回驾驶室，发动汽车。现在是摸黑逃命的时候了。他们有理由相信，就现在而言，时间对他还是有利的。但他们不知道，倒霉的风出卖了他们。

斯塔林斯博士看出了真相。警卫部队和其他一些人马已经连夜开始沿着坦皮科河搜寻一辆车身上涂着“美国帕台农”的三吨卡车。管道远端的其他供气站和工地也相应提高了警惕。他们被告知时刻注意一个杀人犯和一个破坏分子。至于墨西哥当局,斯塔林斯则有所犹豫。他得权衡好政治上的利害,再决定是否求助于他们。

父子俩一路向圣路易斯波多西驶去。浓雾渐渐散去,绚丽的银河漂浮在夜空中。管道沿途的房屋里透出点点灯光。卡车换挡的声音引起了一个警卫的怀疑。而卡车经过时,雷本故作友好地朝他打了声招呼,手竟无意间挥了挥帽子!

他迅速报告了这一情况。斯塔林斯的武装人员马上开始了行动。此时约翰·卢尔德和雷本已经挖出了他们早先埋藏的武器。按照计划,如果他们能够到达城里,他们要找个地方把这些武器脱手,然后逃往边境。

墨西哥的原野看似广袤而空旷。但实际雷本和约翰的车轮下,却是一片原油的海洋。突然,在他们身后的远方有一缕缕亮光直插天际。

“卢尔德先生,我想这是国庆节的焰火吧。”

约翰·卢尔德停下卡车,探出头看了看。几英里外一颗颗信号弹如银蛇一般,一颗还没有燃尽,另一颗就已升起。

“看来我们被发现了。”约翰·卢尔德说。

现在换雷本开车，约翰·卢尔德坐在副驾驶座上掌着灯看着地图。他必须重新找一条逃跑的路径。尽管是黑夜，身后的追踪者们依然在前进。他们毫不吝惜地向煤黑的夜空中打着信号弹，异常坚决，没有丝毫懈怠。

父子俩继续驾车在旷野的夜里奔驰着。如同那些无名无姓的难民，他们穿过一片片低矮的松树林和嶙峋的乱石。沿着废弃矿井用过的小路，他们的卡车驶进一段上坡。而这家伙就像一头疲惫的老牛在爬山。在坡顶上，他们被迫扔掉车上的几个板条箱。但即便如此，黎明时分，他们在离开废弃矿场的时候依然能清晰地看见阵形整齐的队伍在身后穷追不舍。这时又一颗信号弹升入空中。

父子俩看了看周围的荒漠，此刻他们的侧翼，另一枚信号弹点燃了。显然是在回应刚才那颗。远方的台地上也出现了第三颗。说不清这是宿命还是报应，大股的追兵就这样杀气腾腾地朝这里聚拢而来。

父亲下车去给水袋灌水，然后又补充了一次汽油。约翰·卢尔德还在研究地图，可是他们自己似乎已经在地图外面了。约翰一把把地图甩开。任由它轻飘飘地落在旁边一条浅浅的水沟里，向下游飘去。还不多远，便沉了。

“这儿爱是哪儿就是哪儿。”

父亲看了看远处交错闪烁的光点和他们卷起的阵阵尘土，他们越来越近了。“咱们得想个招儿了，卢尔德先生。”“要我说，就让他们爽个够。”

远方的天空渐渐泛起朝霞的红晕，风也变热了，一阵阵的非要把人活活烤干。雷本把一挺点50口径重机枪端上了三角架。卡车车斗被防雨布盖上了一半儿。他摘下帽子，把那大手帕围在头上。约翰·卢尔德吹了声口哨，父亲转过身来。

西边能看到一阵薄薄的尘土。信号弹升起，明确地指示着他们逃跑的方向。信号弹的亮光照在他们头顶上，显然，他们已无处遁逃。父亲愁容满面，眉头紧锁。是的，非干一仗了。

雷本蹲在车斗上，车厢上带着用荒原上的红色黏土拼出的几个字。第一拨儿，有一辆车直冲着卡车奔来，三匹马则试图斜插上来。但它们对面就是一挺拉开了保险的点50机枪。

雷本开火了。地上的尘土立刻被血和成一团。一张张惊恐万分的人脸被同样惊恐的马重重地摔在地上。卡车迅速发动，开了出去。留下地上一摊扭曲的尸骸，断肢残膀，宛若野兽撕扯的坟场。

另一边，他们同样还击了。有人用信号弹直接朝卡车的发动机舱射击。驾驶室内顿时火星四溅。约翰·卢尔德的脸和胳臂都被烧伤了。他不得不一只手抓稳方向盘，另一只手使劲挥舞帽子，仿佛驾驶室里闯进了一群凶猛的马蜂。

交火不断升级。点50机枪呼啸着倾泻出子弹。弹壳如暴雨时的水滴,密密麻麻地砸在了车斗上或崩出车外。有几个追兵趁乱靠近,向轮胎开了枪。约翰驾驶卡车急转一个Z字,然后很快调正。反复几次,把那几匹马又甩到了身后。

就这样折腾了一英里,双方都疲惫不堪。那群追兵没有放弃,但已经有所忌惮。雷本看到远处几个人影仿佛是斯塔林斯博士和杰克·比。他杵着机枪大喊了一声。"耐心等着,回头我告诉你家娘们儿,你今儿是怎么挂的!"

他们继续穷追不舍。透过远方干热而颤抖的空气,有仿佛日出般的闪闪磷光,那是一片水面。约翰·卢尔德回头看看雷本,他不愿相信那是真的。

一片宽阔的湖面出现在他们眼前。而事实上,说是湖也只是一片地面的凹陷被灌满了水而已。卡车压过地面,砂土的缝隙里竟渗出了涓涓细流。

这样的一片水域,虽过不多久就会蒸发殆尽,但现在,它就摆在那儿。

约翰不得不停下车。父子俩跳下车来。走到湖岸边。湖面宁静,因为地面的红砂,水也尽是一片血红。

"一定是昨晚的暴风雨形成的。"约翰·卢尔德想了起来。

"这干湖床……明天就会一滴不剩了。"

雷本跑回卡车上取下望远镜。约翰·卢尔德看了看远方,分辨不出水面的宽度。他踏进水里去试试深浅。雷本则在向沙漠张望。那伙追兵现在已经分作两拨要从侧翼夹击。

“再有两杯啤酒的工夫,他们就能追上了。”雷本说着看了看四十多米外站在水里的儿子。他脚旁的水面如红色的淤泥般污浊,但又泛着一丝亮光。

“最深能到多少?”父亲问,“我们必须得离开这儿。”约翰·卢尔德赶忙跑回,没理父亲,跳上车斗。

“我们车太重了,如果轮胎陷进去,可就……”

车上还有四桶汽油,约翰·卢尔德撬开那几个军火箱。“看看那片湖床。”约翰·卢尔德说:“那里有几片干地,离我刚才站的地方只有几英尺。”

他抓起一个箱子,把它里头的东西整个倒出来。几颗手榴弹,一些炸药,一卷电缆和雷管。他把箱子递给父亲。“拿到前头去。”

他跳下车斗,跑进驾驶室,坐在一边。

“有你在,总得有点儿大动静儿。”儿子笑着。

“无比荣幸。”

约翰·卢尔德指了指湖床。“给咱们造个红海*怎么样?”

---

*《圣经·旧约·出埃及记》记载,上帝为帮助以色列人逃脱埃及人的追捕,在他们跑到红海海岸的时候,让海水裂开,露出旱地,使他们得以通过。埃及追兵追赶至此时,海水就合上,淹没了追兵。——译者注

雷本手持一支步枪跑在卡车前头。轮胎压出一道道涟漪。约翰·卢尔德坐在驾驶室里紧张地盯着前方。每次感觉到轮胎上有一点起伏,他就不禁手心冒汗。直到看见后视镜里轮子后面还有一圈圈水纹在翻腾,才敢长舒一口大气。

雷本回头朝沙漠的方向看了看。前进的马匹和上面的骑兵已经不再是沙尘后面的影子,而近得清晰可辨了:一起一伏地踏过高低不平的沙地。

等的就是这个点儿。卡车此时开上了湖心的那片干地。父子俩架好机枪。用木箱挡住轮胎。两桶汽油被慢慢滚入水中,直到几乎要被完全没过。他们用刀子在上面挖了两个洞,大小刚好足以塞进一管炸药。插好引信,电缆则贴着水面顺到了车后面和雷管连在一起。现在太阳才刚出来不久。如果他们能熬到晚上,或许就能逃离死亡。

另一队增援也赶到了湖边。斯塔林斯博士自领一队,另一队交给杰克·比。在斯塔林斯的望远镜里,卡车停在一片小小的旱地上。"美国帕台农"几个字被涂在轮子上面的车身上,仿佛一面盾牌的形状,就如他们面前的这片湖水。

斯塔林斯博士下令进攻。两翼一开始还小心翼翼,踩实了脚底,便放胆小跑起来。斯塔林斯博士挥舞臂膀,命令齐射。霎时间枪林弹雨。

有几颗子弹打在车前面的水面上,有的则高高从车顶上飞过。空气中仿佛在燃烧自己一般,也充满了火药的恶臭。约翰·卢尔德紧紧握着导火索,雷本则架着机枪。一队骑兵从侧翼袭来,进入射程,开火;另一队在后面打了几颗信号弹。很快他们包围了小岛,从四面开火。

霎时间,有一团火焰炸开。除了刺眼的红光,世界仿佛都不存在了。巨大的冲击波把骑兵从马上推入湖中。火星如暴雨般从天际倾泻而下。

这片贫瘠的土地,从未见证过这样残酷的场景。卡车停靠的小岛如置身火山口中,周围的追兵悉数灰飞烟灭。这就像《启示录》中所记载的火湖。梦魇袭来,似天谴降临了这个小岛。马上的人张着大嘴,挣扎着要吸进最后一口空气,结果却只是灼热的烟尘。枪脱手了,一片人仰马翻。燃烧的雨带着黑烟降落到水面,却并未熄灭。有的则穿过凝固的空气飘落到岸边。

在屠宰场和死人堆里站起一个身影,如无名的幽灵一般,看不见他的影子。他踏过一面旗帜,死死地漂在水中。旗杆上还连着一只断臂。四面尽是残肢。他走过浅浅的水洼,走上卡车停驻的小岛。约翰·卢尔德一头躺倒在印着“美国帕台农”的车身下。

第三十六章

父亲从车上跳下来，蹲在儿子身旁。他的背心沾满了血迹。心脏一侧的肋骨下破了一个小洞，和他背上的伤口恰好冲齐。约翰·卢尔德睁着眼睛，喘着气。“都干净了没？”他的声音很犹豫，“全干净了，卢尔德先生。”雷本环视四周，一片荒芜……他试着想找到个幸存者，却是没有。“来吧，咱们得抓紧了，卢尔德先生。”

雷本把儿子扶上卡车，把他在副驾驶座上固定好。然后发动了引擎。他也不确定现在这老家伙还能不能走。不过这次运气站在了他们一边。雷本挂上档，卡车蹒跚着挪出了那座小岛。

“卢尔德先生……那个……‘帕台农号’现在将送您回家。”

卡车翻过小山和台地，在夕阳照射的地平线上前行着。眼前的世界荒芜而原始，仿佛《创世纪》的篇章。

约翰·卢尔德躺在驾驶室里，眼前的水桶里是刚刚够两天艰难旅程的用量。晚上，雷本把灯挂在车头上，好看清前面的路。沙尘很大，像刻刀一样划得眼睛疼个不停，空气干燥，仿佛要把人活活烤成肉干儿。

儿子的境况越来越糟，而且拒绝喝水。如果一个人的用量都不够，两个人怎么行呢。父亲火了，骂个不停。约翰·卢尔德则说：“没事儿，要么我们都能活下来，或者谁也走不出去。落不了单。”

已经不知道穿过了多少个峡谷，到处都是惨白的浮石和数不清的花岗岩。约翰·卢尔德以前的那句话又回荡在雷本的脑子里，“没有过去，也无所谓将来……这儿只有你、我和这辆卡车。”

现在才是考验意志的时刻。他的嘴唇龟裂，眼皮已没有力气再撑开，他干渴难忍，而水就在手旁，他却不愿去拿。“卢尔德先生，想想看，有一天，我晚上敲开你在埃尔帕索的家门，请你出去搓一顿……你愿意吗？想想看。”

“我想过……你肯定是用偷来的钱买单。”

他笑不出来，因为肚子空空如也。“米尔斯大厦那儿有家摩登咖啡馆。咱们当初隆重相会的地方。我们喝着绅士们的威士忌，还是汤姆考林斯的，大口嚼着面包片儿。”

雷本的身子骨也快撑不住了。这儿的夜晚不比白天凉快。此时他嘴里含着一块石头，好能多多少少引出些唾沫。但什么也没有。他想起来小时候在斯开布顿看人打架的样子。那时候，太阳也如现在一样灼热难耐，他还记得其中一个壮汉把对手一个接一个撂倒在地。一样热的太阳，一样热的沙。他也想像他一样，站住，别趴下。

终于撑到了白天，他真的要不行了。使劲抓着方向盘，但自己随时都会昏过去。他诅咒着自己，要坚持下去。早些时候，他曾发现了几个小水洼，如项链一样弯弯曲曲，断断续续地排在一起。那时，他不由分说，停下车，抓着水袋跑下去，却发现是一片碱水，浓得根本没法喝。

现在他回头看看车斗。上面的油布随风无力地起伏着，就像葬礼上搭设的凉棚。他赶快让自己想点儿别的。但他清楚。过不了今天，他难免也要加入这群孤魂野鬼。

疲惫不堪的目光穿过因炎热而颤抖着的空气。一片深色的东西在那儿，一动不动。什么！是一片池塘吗？他跳下车来，把水袋直接扔到泉眼旁，看着气泡一串串地飘上来直到完全灌满。会是甜水吗？这池塘奇迹般地出现，难道是自己的罪恶被上帝赦免了吗?

他用塞子堵好袋子口。然后俯下身子,像渴死的酒鬼一般,直接在池子里喝了个饱。并不干净的泉水挂在下巴上。然后雷本洗了把脸,和倒影里的那个杀人犯道了永别。

他跑回卡车,边喊着,叫着摇醒了儿子。约翰喝下了一口甜水,“闭上眼睛,卢尔德先生,就当这儿是摩登咖啡馆。”

就像惩罚自己,雷本也惩罚着卡车。四下苍茫,无路可循。每次远方好似浮现出目的地的希望,很快又被荒芜的地平线所浇灭。想到今后,自己依然感到异常的凄凉,处境如此的令人心碎。他试图不去想这些,现在唯一该考虑的就是活下来。

几只白鸽飞过头顶,那是附近有水的兆头,还会有水吗?

它们就像写在天空中的诗篇,一行行地向前移动着。雷本跟着它们,此时他的身体又快支撑不住了。他数着自己的心跳,忍受着钻心的疼痛。每走一英里,自己仿佛都死过一回,而每走一英里,自己又离得救近了一步。他不断地想着那个烈日中的壮汉,他忘不了,正是因为羡慕那人的无往不胜,他才把自己的名字改成了雷本。

焚风肆虐,但卡车没有停。终于天边冒出了教堂哥特式的尖顶,直直地刺进环抱它的天空。

教堂的阴影里有一间专门收治穷人和流浪汉的医院。雷本死撑着把车停到了医院门口。约翰·卢尔德头一回如此真实地为身边这个人感觉痛心。

雷本拖着沉重的身躯,倒在被阳光烤得热热的砖墙边。几个修女和护工要把约翰·卢尔德带进医院,但他挣扎,像囚犯要挣脱锁链样,来回扭动着身体,终于努力摆脱了他们,踉踉跄跄,连滚带爬回到父亲的身边。他抓住他的肩膀。"怎么了?"

雷本还想从龟裂的嘴唇中吐出几个字来,但却不行。他的手依然紧抓着口袋里的笔记本,虽然已经憔悴而无力。他努力把它抽出来递给约翰·卢尔德,翻开来,要给他看自己在几个小时前写下的那几个歪歪扭扭的字:儿子,原谅我。

眼见这行小字,约翰·卢尔德霎时间愣住了,他本会反问一句,"叫我怎么原谅你!"但此刻不再一样了。从前他不顾那些无法割裂的血缘和无从挽回的逝去,期望用自己心灵的力量去抗拒那份惨痛的死亡,紧抓着那段灰暗的过往,并相信这就是他全部的人生。

父亲要推开他,让他回到医院。约翰·卢尔德能感到,他的欲望是如此的强烈。这时世上没有任何力量和意志是如此的迫切而坚决。父亲要推开他,让他去医院……即便是那曾经在烈日灼阳中战斗的壮汉亦会为这样的坚决所击倒。

约翰·卢尔德抱住父亲,抓住他握着笔记本的手。在那个瞬间,太阳灼烧着他们,两人融为了一体。他对着父亲的耳朵,轻轻说道:“嗯……嗯,我原谅你。”

两个人的脸紧紧靠在一起。他能感觉到父亲抽搐的声音从牙缝里溢出来,“好,好……”他又对着父亲的耳朵轻语,“还能听见我吗?”

父亲紧紧抓着儿子的手,表示他能。儿子又说:“爸爸……别忘了在卡车上给我留个座儿。”

这句话就像病毒,迅速地感染了父亲的全身。他感觉自己好像穿过一条昏暗的隧洞。他发誓自己听见了卡车的声音,点火,挂档,加速。底盘吱吱地响着。他和儿子一起开着车,开过一片原野。但不再是荒凉,不再有贫瘠……而是沃野千里,青草漫漫。

第三十七章

约翰·卢尔德被从人行道旁的砖墙边抬走，他感觉自己恍惚中四处飘荡，如没有锚的小船。四围尽是乙醚的味道，手术室墙壁的影子投在了他的身上。昏迷了多久，他并不知晓，感觉自己像在没有灯的车厢中走了一程。他的眼睛跟着一盏煤油灯的亮光看见了一个护士坐在一辆小推车旁看书。那是个中年墨西哥女人。脸上凝固着一片纯净的安详。她冲他笑了笑。这时一个身影朝床边过来，是华兹华斯·布尔。“我们在哪？”

“在火车上，约翰。在去布朗斯维尔的军医院。这是你的笔记本。一个修女在上面发现了我的地址,然后通知了我。”

“那我爸呢……”

“约翰,听着,现在。这很重要,诺克斯检察官要来看你,我不在场的时候,什么都不要说。记着,什么都不要说。”

约翰·卢尔德感觉一下子摸不着头脑。

“有报告说在坦皮科的一名高官被谋杀了。你被怀疑牵涉其中。”

但出乎华兹华斯·布尔的意料,约翰·卢尔德笑了起来。那笑声沙哑又充满讽刺,却不放肆。就像布尔曾经听到过的那样。

医院设在布朗堡的军事基地里。从房间的窗户,恰能看到一片长条形的湖面。晚上士兵们三五一群聚在湖岸边的灯光下打牌。约翰·卢尔德一个人一呆就是好几个星期。身子骨儿渐渐恢复。对于寂静,他有一种男性特别的需求。这段时间,恰好让他一点点重新打量了过去的人生。他知道,这次在他面前倒下的对手又变成了自己的父亲。

诺克斯检察官带着速记员来了。布尔在场,约翰·卢尔德一点点把在墨西哥的每件事情都详细述说了一番。及至最后他们把军火转交给一群游击队,这些都与他笔记本上所记录的完全吻合。

医院的正面有一座砖垒的拱门，挡住了德克萨斯炙热的阳光。诺克斯检察官留下速记员，把布尔单独叫到了那里。

“他必须辞职。”

“这样，”华兹华斯·布尔喃喃道，“如果真的非得如此的话。”

布尔从大衣口袋里掏出一盒烟。“我的人会把笔记送到您那，我这里留一个副本。在墨西哥还有刚来的新人可以继续我自己感兴趣的调查。抽烟吗？”

诺克斯摇了摇头。这不是个好消息。布尔朝一张长凳走去。

“斯塔林斯博士在阿瓜尼格拉雇了一个叫图尔托的人给他拍摄油田、码头、河流、港湾和铁路线。”

“这是针对今后的安全问题吧。”

布尔两腿交叉，点燃香烟。“我和图尔托先生签了一份合约，要求他将所有拍摄到的照片都发一份副本给罗伯特·克里莱先生。约翰的笔记里提到过他，您自己可能也知道，他为驻墨西哥大使馆工作。”

“这俩人都没什么可说的。石油公司和其他机构一样，从革命刚一爆发的时候，他们最关注的事儿，就是地面儿上的治安。”

“克里莱先生以前呆在南方宾馆。就是我的探员……或者说探员们呆的那家。还有其他两个人,奥尔森和海顿。通过您自己以前的调查已经可能知道了,他们是国务院的情报人员。而我也是自己调查后才知道的。”

诺克斯检察官坐到华兹华斯·布尔那张长凳的另一头儿。“我猜你要说市长家那次会谈的事儿了吧。”

“您在美国大使馆有人。还有国务院的现场官员。一个美国商人,然后他非法购买军火。有一个负责石油公司戍卫工作的前骑警接收了那批军火。”

“克里莱、海顿和奥尔森,”诺克斯检察官说道,“还有斯塔林斯博士,都知道市长要邀请他们聚餐。市长那边,希望能得到美国军事力量的保护。而石油公司是他不可替代的财政支柱。海西特拒绝了邀请。克里莱和其他人证明他确实不在场。至于说那批军火,海西特说他只是帮忙疏通了运输环节,也就是冰库那一块儿的事情。他说自己甚至根本就不认识斯塔林斯这个人。”

“我这儿还有卷胶片,”布尔说道,“就是迪亚兹政府的那种新闻简报,四处吹嘘他治下的繁荣社会,事实上,繁荣的只是他自己的家底。但从那上面能很清楚看出海西特和斯塔林斯是认识的。”

“可斯塔林斯已经死了。”

“我的人已经和您说了那事。”

“你的人说他把军火转给了一群可能颠覆现政府的人。”

“您不觉得您面临这样的选择吗？一种说法是真的，一种是假的。您得考虑所有这些证据。”

诺克斯检察官看了看布尔无力的眼神。他很脆弱。他腿上的姿势有时候很娘们儿。但实际上，他却不是一个容易妥协的家伙。

布尔坐着，很安静。他看着拱门外的湖面和一队要去操场训练的士兵。他思考的时候，烟反而烧得格外迅速。他掐掉手里将灭的香烟。重新开口之前，他又想了许久。

“我假设的前提是，您是诚实的。我知道那些诚实的人是什么样儿的，即便是他们中最诚实的家伙，也会有违背原则的时候。正如您所提到的，有很多证据。但它们可以支持两种可能性。不过这批军火自己可不会说谎。”

“一种可能性……参加晚宴的那群人希望讨论出一个理由，来说服美国进行军事干涉。这样就难免会强调甚至夸大与之相关的一些证据。我们可能会得出这样结论，斯塔林斯博士在整个事件中，不过只是个和谁都没有瓜葛的小混混。”

“另一种可能性……那场晚宴压根不是在讨论什么外交说辞，而是根本他们就要自己制造足以引起军事干涉的事端。为此他们会不择手段。您知道，这最终就会引起政变……自然就有了政治谋杀。”

布尔站起身来,他的动作比较沉重。“我并不忌妒您的高位。对于这种事情,公开场合的话,您不可避免地会被推向舆论的中心。这对一个律师来讲是如鱼得水,但对调查局的官员可恰恰相反。毕竟您只代表您的组织,但德克萨斯州政府也有自己的考量。”

正当两个人面面相觑,一名护士推着轮椅走过。轮椅上的人不过30,却只有一只胳膊和一条腿。因此他只能用另一只手敬了一个不标准的军礼。轴承需要上油了,轮椅吱吱嘎嘎地响着。这声音渐行渐远,布尔又开口了,“这儿的不少病号都在古巴和马尼拉服过役。打一仗真的值得吗?”

“我们没在讨论战争。”

“但我们的讨论和它脱不了干系。”

诺克斯检察官点了点头,他毕竟也不能否认。他摘掉眼镜,揉了揉被镜架夹疼了的鼻梁。布尔已经不是第一次和他独处了。他知道这个姿势意味着他很烦,需要时间独自思考一下。

“我当初真不该派约翰去。”

“‘战略的实际应用’。”布尔回答。

“不是他的勇气和能力有问题。”

“我了解你的那套世界观。总要找出实现已有战略的实际办法。但要想达到最终目的,就不可能步步为营。”布尔停下来喘了口气,又提高了声调。“想想看,要是华盛顿没有强渡特拉华河 *……如果林肯没有选择解放黑奴。”

华兹华斯·布尔看了一眼烟头儿,扔在地上,用他那穿着精工皮鞋的脚使劲在地上搓了搓。“我等您的消息。我希望,在我决定如何处理我的委托人之前,您能有更深入的考虑,尽管会很难。”

一个月后约翰·卢尔德和华兹华斯·布尔又坐火车回到了埃尔帕索。约翰·卢尔德听说他会被授予一份嘉奖,“以表彰其不顾个人之安危查处军火走私的英勇行动”。但此时此景,那份嘉奖,它上头说的和它没有说的,对约翰·卢尔德都显得无足轻重。

他们开着布尔的凯迪拉克去了康科迪亚公墓。布尔答应过他,要把雷本带回德克萨斯,与约翰的母亲葬在一起。墓碑很普通,只简单地刻着姓名和生卒年月。这座公墓的土地平整而坚硬,树木不多。在格外湛蓝的天空映衬下,墓园显得比约翰·卢尔德印象中的更加渺小。

---

* 1776 年 12 月 25 日的圣诞节之夜,乔治·华盛顿率兵强渡漂着浮冰的特拉华河,向驻扎在特伦顿的英军发起突然袭击。此战消灭英军的雇佣兵一千多人。此战的胜利为屡受挫败的美国独立军带来了希望,成为独立战争转败为胜的象征。——译者注

他站在墓碑前沉思了许久。父亲的人生疮痕累累,这让他感到一阵酸楚贯穿了全身。他发誓这是他一生中从未感受到过的一种悲凉,透过最隐秘的伤疤,从头至脚,从里到外蔓延到他每一滴血液的深处。

"其实我很像他,"约翰·卢尔德承认,"比我能想象的更像,比我愿意相信的更像。"

布尔点了点头,沉思片刻,"但他身上似乎也有很多你的影子,比他能想象到的更多。"

语罢,两人离开了公墓,回到车上。约翰·卢尔德停下来又回头望了望身后的墓地,望了望格兰德河的方向和那遍布红砂的重重群山。

后记

1913年，美国驻墨西哥大使，亨利·雷恩·威尔逊染指了推翻马德罗政府的政变，并帮助扶植了更加重商的维克托里亚诺·韦尔塔政府。而美国总统威尔逊宣称，他的行为纯属出自个人，并未得到美国政府的任何授权与支持。

1914年，伍德罗·威尔逊总统借口美国船员遭到绑架，下令入侵维拉克鲁兹。而事实上，却是为了颠覆韦尔塔政权，援助当地起义。

在此期间，石油价格上涨了一倍。

图书在版编目(CIP)数据

暴徒信条/(美)德兰(Teran,B.)著;译科,苏易安译.—北京:法律出版社,2011.2
书名原文:The Creed of Violence
ISBN 978-7-5118-1742-6

Ⅰ.①暴… Ⅱ.①德…②译…③苏… Ⅲ.①长篇小说—美国—现代 Ⅳ.①I712.45

中国版本图书馆 CIP 数据核字(2011)第010415号

暴徒信条	[美]波士顿·德兰(Boston Teran)著 译 科 苏易安 译	责任编辑 韩满春 装帧设计 清 杨

开本 850×1168 毫米 1/32　**印张** 9　**字数** 155千
版本 2011年4月第1版　**印次** 2011年4月第1次印刷
出版 法律出版社　**编辑统筹** 独立策划部·麒麟工作室
总发行 中国法律图书有限公司　**经销** 新华书店
印刷 世纪千禧印刷(北京)有限公司　**责任印制** 张宇东

法律出版社/北京市丰台区莲花池西里7号(100073)
电子邮件/info@ lawpress. com. cn　销售热线/010-63939792/9779
网址/www. lawpress. com. cn　咨询电话/010-63939796

中国法律图书有限公司/北京市丰台区莲花池西里7号(100073)
全国各地中法图分、子公司电话:
第一法律书店/010-63939781/9782　西安分公司/029-85388843
重庆公司/023-65382816/2908　上海公司/021-62071010/1636
北京分公司/010-62534456　深圳公司/0755-83072995

书号:ISBN 978-7-5118-1742-6　**定价**:25.00元
(如有缺页或倒装,中国法律图书有限公司负责退换)